文春文庫

初午祝言（はつうましゅうげん）

新・居眠り磐音

佐伯泰英

文藝春秋

目次

「居眠り磐音」主な登場人物

竹村武左衛門（たけむらぶざえもん）　陸奥磐城平藩安藤家下屋敷の中間。かつては長屋に住む浪人だった。

品川柳次郎（しながわりゅうじろう）　北割下水の拝領屋敷に住む貧乏御家人。母は幾代。

椎葉有（しいばゆう）　柳次郎の幼馴染み。父が学問所勤番組頭に出世して北割下水を離れた。

桂川甫周（かつらがわほしゅう）　蘭学を学んだ将軍の御典医。磐音夫婦に代わり、柳次郎と有の仲人に。

おそめ　深川の唐傘長屋で生まれ育つ。父親は兼吉、母親はおきん。

笹塚孫一（ささづかまごいち）　父中右衛門亡き後、南町奉行所の与力となる。

笹塚中右衛門（ささづかちゅうえもん）　南町奉行所の与力。謹厳実直、公平無私で知られた。

今朝貫右門（けさぬきうもん）　南町奉行井筒重里の内与力の一人。

向田源兵衛（むこうだげんべえ）　芸州出身の浪人。剣術家。

あかね　深川で生まれ育った掏摸。

鵜飼百助（うかいももすけ）　本所吉岡町に住む、御家人で研ぎ師。

坂崎磐音（さかざきいわね）　元豊後関前藩士の浪人。江戸の佐々木道場で剣術修行をした剣の達人。

『居眠り磐音』江戸地図

寛永寺
上野
不忍池
浅草
待乳山聖天社
浅草寺
向島
業平橋
品川家
北割下水
本所
竹村家
今津屋
南割下水
柳原土手
両国橋
横川
竪川
小伝馬町
牢屋敷
大川
鰻処宮戸川
六間堀
日本橋
小名木川
新大橋
鎧ノ渡し
深川
金兵衛長屋
八丁堀
霊岸島
永代橋
富岡八幡宮
佃島

護国寺
小石川
本郷
牛込
豊後関前藩
上屋敷
湯島天神
神田川
佐々木道場
神田明神
駿河台
神保小路
市谷八幡宮
内藤新宿
四谷
四谷御門
麹町
江戸城
平川天満宮
南町奉行所
数寄屋橋御門
溜池
原宿
愛宕権現
増上寺
芝
渋谷

編集協力　澤島優子
地図制作　木村弥世

初午祝言（はつうましゅうげん）

新・居眠り磐音

第一話　初午祝言

一

安永九年（一七八〇）二月のある日、本所北割下水の品川家に珍しくも飛脚屋が訪れ、書状が届いた。

庭の痩せた桜に蕾がふくらみ始めたころのことだ。

偶々品川家に居合わせた陸奥磐城平藩安藤家下屋敷の中間竹村武左衛門が、

「おい、飛脚屋、屋敷を間違うておるぞ。この界隈は北割下水と申してな、貧乏御家人が住まいするところぞ。どこからか知らぬが金のかかる書状などが届くものか」

と未だ浪人だったころの言葉遣いで喚いた。すると大工が入り、きれいに修繕

された門外から、

「半欠け長屋から大名家の下屋敷の中間に鞍替えした武左衛門の旦那よ、おめえさんに言われなくとも、北割下水がどんなところか、先刻承知の横川の飛脚屋、留三郎様だ。間違いはねえよ」

と叫び返された。

「なに、横川の留公か。間違いねえというならば、門番に断り、貧乏屋敷に通れ、通れ」

むろん品川家に門番などいるはずもない。

台所で明日の祝言の器などをあらためていた幾代が、物置に仕舞った薙刀を取り出すと小脇に抱え、狭い庭を望む縁側にだらしなく座す武左衛門を睨みつつ、飛脚屋の留三郎を迎えた。

「わあっ！」

と仰天した武左衛門をちらりと牽制するように見て、

「これ、飛脚屋の留三郎とやら、北割下水がいかなるところかこの幾代に説明してみよ。その返答次第では腕に自慢の薙刀でそのほうの素っ首、斬り飛ばしてみせますぞ」

「ま、待った。七十俵五人扶持の御家人品川家の幾代様、つい元半欠け長屋の酔っ払いの言葉に乗せられちまってよ、最前の言葉は勢いで口走ってしまったんだ、本心じゃねえよ、おれもこの界隈の生まれ育ちだ、許してくんな」

とぺこぺこと頭を下げた。

「いかにもさようでありましょう。となると、武左衛門とやら、そのほう、留三郎の代わりにその場に直りなされ」

と武左衛門に険しい視線を向け、見事な手際で小脇に抱えていた薙刀の鞘を振り払い、反りの付いた刃を突き出した。

「わあぁー、お、お待ちあれ。それがしとて真意ではござらぬ。昵懇の間ゆえ、ついあのような言葉を吐き申した。お許しあれ、幾代さま」

と武左衛門が懇願した。

襷がけで畳替えした座敷をから拭きしていたこの家の主品川柳次郎が、

「母上、浅草奥山の芝居小屋でもあるまいし、明日のために仕舞い込んだ薙刀など持ち出さんでくだされ」

「倅がそう申すならば、こたびは薙刀を納めましょうぞ」

と幾代が答え、

「留三郎さんよ、真（まこと）にわが屋敷に書状が届いたのか」

と倅が確かめた。

飛脚屋が届けてきたのだ。江戸市中ではなく遠い地からだと察しがつく。だから武左衛門が疑うのも無理からぬところだった。

「おお、北割下水、品川柳次郎殿、と女文字で書いてあるぜ」

飛脚屋の留三郎は未だ幾代の薙刀を怖がってか、門から入ってこようとはしなかった。

「母上と武左衛門の旦那の掛け合いは毎度のことだ。案ずるな」

柳次郎の言葉に恐る恐る留三郎が庭先まで入ってきて、

「品川様よ、紀州に知り合いの女がいるか」

と尋ねた。

「紀州などに知り合いの女はおらぬな。差出人はどなたかな」

「それがな、妙な文なんだよ、紀伊（きい）の和歌山城下の飛脚から船でうちに着いたんだよ。宛名は確かにこちらだが、差出人はなしだ」

しばし間を置いた品川柳次郎が、

「おお、それがしの大伯父が和歌山におられたわ。大方、わが父に貸した金子（きんす）の催促を身内の女子衆に書かせたのではなかろうか」

　とふと思い付いた虚言を述べた。

「なに、明日は祝言じゃぞ。金子が要りような折りに厄介な催促状が届いたものよ。な、わしが最前申した貧乏御家人はあたっていようが」

　と幾代に聞こえないように武左衛門が呟き、

「明日、手伝うことがあるか」

　と縁側から立ち上がりながら聞いた。

「武左衛門の旦那、明日の祝言の衣服じゃが、なんぞあるか。仲人が仲人だからな、その形では出てはならぬぞ」

「案ずるな、柳次郎。勢津がな、頼んでくれたで、下屋敷の用人どのが昔着ていた黒小袖と無紋の黒羽織を貸してくれるそうじゃ。かなりくたびれた品じゃがな、まあ、羽織と呼べんこともない」

「それならよかろう」

「柳次郎、それにしても驚いたぞ。おまえのところに好き好んでくる嫁も嫁じゃが、仲人がな、なんと御典医様じゃと、だれがかような算段をなしたか」

　武左衛門の問いに、

「旦那にそれがしの顔の広さを説明しても分かるまい」

と柳次郎が述べた。

「元六間堀町の裏店の主夫婦が江戸から姿を消して、仲人がいなくなったと思ったら御典医が代わりじゃと。てっきりわしら夫婦に仲人の役目が回ってくるなと思うて、手ぐすね引いて待っておったがな」

と武左衛門が首を捻った。

「武左衛門どの、そなたが仲人ですと、それだけは御免蒙ります」

と蒸かし芋と茶を盆に運んできた幾代が言った。ちらりと蒸かし芋に目をやった武左衛門が、

「なぜですな、幾代様。この武左衛門と柳次郎、それに坂崎から姓を佐々木に変えた磐音の三人は、身内以上の親密極まりない付き合いでござるぞ。磐音とおこん夫婦が江戸におらぬとなれば、わしら夫婦でもよかろうが」

「武左衛門の旦那、相手もあることだ。旦那は品川家の正客、仲人は桂川先生に任せよ」

と柳次郎が説き伏せた。

「致し方あるまい。御典医とただ今のわしでは月とスッポンゆえな」

と自ら得心した武左衛門が、

「茶と蒸かし芋では屁が出るばかり、明日はいくらなんでも酒が出よう」

と洩らして門に向かった。その背にはそれなりに大きな風呂敷包みが負われていた。

「武左衛門の旦那、その風呂敷包みはなんだ」

「ああ、これか。幾代様からわが女房の勢津への預かり物だ」

柳次郎は、そういえば武左衛門がこそこそと幾代に訴えるように話していたことを思い出した。

「花婿が一々細かいことを気にかけるな。それにしても品川家では祝言の前日に蒸かし芋ですかな」

と武左衛門が言いながら風呂敷包みを背に品川家から立ち去り、それを見送った柳次郎も不満を母親に述べた。

「柳次郎、蒸かし芋はあの旦那を立ち退かせるためのものです、あの者、芋は大嫌いですからね」

と言いながら盆を置き、

「さあて、わが身内に紀州和歌山に大伯父がおりましたか、柳次郎」

と幾代が懐から少しだけ出た書状に視線をやった。

「武左衛門の言葉ではないが貧乏御家人に、八代将軍吉宗公の御三家紀伊藩に大伯父がおるわけもございますまい。かような時節に文をくれる人物に心当たりはお一方しか考えられません」

「老中田沼意次様に江戸を追われた坂崎ならぬ、佐々木磐音様ですね」

姓を坂崎に戻したことを知らぬ幾代の問いに柳次郎が頷き、おこんと思えるあて名書きの書状を披いた。

柳次郎の目に果たして懐かしい手跡が飛び込んできた。

「品川幾代様
　柳次郎様」

とある書状は見知った書体だった。

「新たなる年を迎え、品川家にお一人身内が増えたのでございましょうか。われら行く宛なき旅の空、夫婦の間では必ず品川家のことが出て参ります。

幾代様、柳次郎どの、報告申し上げます。旅の空の下でわれら佐々木姓から本来の坂崎姓へと戻しました。そして、われら夫婦に子が生まれました。その名も坂崎空也と名付けました」

柳次郎は書状をそこまで読んで瞑目(めいもく)した。

「どうなされた、柳次郎」

「姓を坂崎と戻した磐音様とおこんさん夫婦に嫡男(ちゃくなん)空也さんが授けられましたぞ、母上」

「なんですと、坂崎空也様ですか」

「さようです」

「柳次郎、そなたの祝言の前日に喜ばしき報せです」

はい、と返事をした柳次郎が両眼を見開いて先を幾代に聞こえるように声を上げて読み始めた。

「この書状、偶々紀伊城下に向かいし旅人に託し、江戸へと送ることに致しました。こんは品川家にはお有(ゆう)様がすでに嫁として加わっておられますこと信じておりまする。一方それがしは未だお有様と祝言を上げておられぬような気がして、われらの無責任なる行いを申し訳なく思うております。柳次郎どの、一日も早くお有様と祝言を挙げられ、夫婦になられることを祈願しております。

いつの日か、われら一家、江戸に戻れるか否か、江戸に居られるお方の考え次第にござればなんの約定(やくじょう)もできかねます。

ともあれ息災にて流浪を続けておることを記し、品川家の幸せを改めて祈願申し上げております。　　坂崎磐音、こん、空也
追記　この書状読まれたのち焼却処分にして下さらんことを切に願い奉ります」

　と短い文にあった。

「なんということが」

　と幾代が洩らした。

「難儀な旅の空のもと、柳次郎、そなたと有どののことを案じておられる」

「それが坂崎磐音さんです」

「どこにだれといっしょにおるとも書いてございませんね、一家三人であの方の手を逃れてひたすら旅を続けておいでなのでしょうか」

「空也さんが生まれた場所は旅籠（はたご）か、あるいは寺などに世話になりお産を済まされたのでしょう。そう思いませぬか、母上」

「尾張にあっても紀伊にあっても老中田沼意次様の手が伸びておるようです。さような最中、そなたの祝言の前日にようもかような文を認め（したため）届けてくれました」

　柳次郎は二度三度と読み、文をいくつかに破ると仏壇に点（とも）していた蠟燭（ろうそく）の火に

翳し燃やし、火鉢に入れた。

紀伊和歌山城下から届いた坂崎磐音の書状が柳次郎の手にあったのはわずか半刻（一時間）足らずであった。

火鉢の下で灰を見ながら、

（坂崎さん、おこんさん、それがし、明日有どのと祝言を挙げ申す）

と胸の中で呟いた。

「お邪魔します」

と女の声がしてなんと深川名物鰻処宮戸川のおさよが祝いの品を小女に持たせて品川家を訪ねてきて、

「幾代様、柳次郎様、おめでとうございます。明日の仕度は整いましたか」

と親子に尋ねた。

「祝言と申しましても御家人の家に嫁がくるだけです。内々の祝言ゆえさほどの仕度もございません。御膳や器は今津屋のお佐紀様が人数前届けてくれました。また仕出し屋にて祝いの料理を明日盛りつければすむことです」

「とは申せ、あれこれと手が要りましょう。片付け物などはうちと地蔵蕎麦のおかみさんのおせんさんのところから手伝いを出しますのでご安心ください」

と言った。

「ご商売に差し支えましょう。なんとか私どもでいたしますから」

と幾代が恐縮して幾たびも断ったが、

「幾代様、金兵衛長屋の女衆も洗いものなどがあれば人を出すと金兵衛さんから申し出がありました。幾代様は明日にはお客人の応対に専念してくださいまし」

と言った。そして、

「本所深川界隈はお武家様だろうと町人だろうと親しい交わりをしているところは相身互い手を貸し合うのが習わしです」

と言い、おさよが初めて訪ねた品川家の台所や井戸端を確かめた。

「宮戸川の女将さん、われら、宮戸川の馴染み客でもないのにかようなことまでして頂いてなんともお礼の申しようがございません」

と柳次郎もおさよに言った。

「品川様、本来なればあのお方が江戸におられれば、品川家の祝言の差配を揮ったことでしょう。どちらに参られたか、坂崎さんもおこんさんもおられません。かようなときは、私どもが力を合わせてなんとかするしかございません。幾代様も柳次郎様も明日は接待役であり、主役でございます。裏の片付けなどはうちと地蔵蕎麦の親分の女衆にお任せください」

　と重ねて言った。

　柳次郎は最前燃やしてしまった文のことが口まで出かかったが、書状のことは柳次郎と幾代の胸のなかに留めることにした。

　おさよが小女を連れて戻ると、交代するかのように地蔵蕎麦のおせんが男衆(おとこし)をつれて姿を見せた。

　こちらも祝いの品を届けるのにかこつけて御家人の屋敷を確認にきたようだった。

「幾代様、うちの男衆を何人か朝から来させます。なんでも言いつけてください」

「最前宮戸川の女将さんからも申し出がございました。なんとも申し訳ないことです」

　と応じる幾代に、おさよも八畳間二つ六畳間二つの田の字型の住まいに縁側、台所、井戸端などを点検していった。

「母上、それがしとお有さんの祝言ですよ。そんな宮戸川や地蔵蕎麦の奉公人を借り受けて、大仰(おおぎょう)過ぎます。なにより宮戸川と地蔵蕎麦の商いに差し障(さわ)りがございましょう」

柳次郎が恐縮した。

「柳次郎、この他にも今津屋さんの女衆が手伝いに来てくれるそうです」

「えっ、どういうことですか。わが家は大身旗本ではございません。本来いるべき小者中間もいないゆえ、気の毒に思われたのでしょうが、これは七十俵五人扶持の御家人の祝言ではございませんぞ。お断りできませんか」

と柳次郎が幾代に願った。

「花婿がさようなことを案じるものではありません、と今津屋の大番頭さんからも言われました。あのご一家が江戸にいないのです。皆さんがうちのことを案じてくれています」

「そうか、今津屋の老分番頭さんが陰で采配を揮っておいでですか」

「柳次郎、それがこたびの差配は違う御仁です。そなたは祝言が無事に済んで落ち着いた折りに少しずつ、皆さんのご親切にお返ししていきましょう。というても、うちでは金子の掛かることはできませんがね」

と幾代がなにか覚悟をした顔で花婿の倅に言い切った。

「お有さんもこのことを知ったらきっと驚きます」

「お有さんばかりではなくそなたもね」

幾代が謎めいた言葉を告げたが、柳次郎は別のことをあれこれと考えていて聞き逃した。

地蔵蕎麦のおせんが男衆を連れて戻ったあと、柳次郎が言い出した。

「母上、いま一度念を押しておきたいことがございます」

「なんですね。祝言のことですか」

首肯した柳次郎が、

「最後に父上と兄上を祝言の場に招かれなくてよいのですね」

と質し、

「柳次郎、うちの一家の体裁を整えるためですか」

と母親が問い返した。

「いえ、体裁ではございません。どんな父でも兄でもそれがしにとって身内ゆえ、母上の気持ちをお尋ねしたのです」

「柳次郎、わが屋敷を勝手に出ていき、別の場所で知らぬ女と暮らしを立てている二人を呼んだところで、なんの役に立つというのです。それどころか小普請組組頭の中野茂三郎様が客として招かれている場にどの顔をしてあの二人が出られるというのです。母はもはやあの二人は品川家の身内ではないと思うております」

幾代の厳然とした言葉を聞いてしばし沈思した柳次郎が、

「遠くの親類より近くの朋輩でしたかね。相分かりました。もはやこの件をそれがしが口にすることは今後ございません」

と柳次郎が言い切った。

二

初午祝言の当日、花嫁衣裳の椎葉有は舟で神田川を下りながら、物思いに耽っていた。

春の季節、七つ（午後四時）過ぎの刻限だ。

（品川柳次郎様と最初に出会ったのはいつのころだろうか）

むろん四谷御門近くの平川町の屋敷ではない。椎葉家が北割下水に住んでいたころのことだ。

（そうだわ、思い出した）

堀留の北割下水の北詰、小さな寺が二つ山門を連ねていた。源光寺と華厳寺だ。

華厳寺は藤の花が名物だった。

お有が見上げるほどの棚があって薄紫色の藤の花が吹き流しに垂れて風に戦いでいた。

椎葉家の屋敷から華厳寺まで一丁とない。だれと花見物にきたのか、境内には子供の声があちらこちらからしていた。散り落ちた花びらを手に集めて、北割下水の水に撒く子もいた。

お有も花びらを拾って、堀留の欄干から飛ばした。

風に乗った花びらが決して清い水とは呼べない堀留の水面にひらひらと散った。

そのとき、下駄を履いた足を踏みかえようとして左足の駒下駄が堀に、ぽちゃんと音を立てて落ちた。

「あっ」

とお有は驚きの声を上げた。下ろしたばかりの花柄の鼻緒の下駄は藤の花びらが浮かぶ堀にぷかぷかと浮いていた。

（どうしよう）

お有は堀留にしゃがんで下駄に手を幾たびも差し伸べたが、まったく届かなかった。瞼が潤んで涙が流れそうになった。

「泣くではない」

と声が聞こえ、釣竿を手にした男の子が釣竿の先で下駄を堀端へと引き寄せ、あっさりと下駄の鼻緒を摑んで拾い上げた。

「ありがとう」

「お有、柳次郎じゃ」

涙に潤んだ瞳をこぶしで拭うと、時折り椎葉家に品川の畑で栽培した生り物を母親の命で持ってくる柳次郎が、

「魚は釣れなかったがお有の下駄が釣れたぞ」

と腰にぶら下げた手拭いで濡れた下駄をきれいに拭い、お有に差し出した。

「ありがとう、柳次郎さん」

下駄を受け取ったお有は、あの折り、柳次郎を実の兄のように感じていた。

(いつの頃から恋心に変わったのだろう)

そんなことを考えながら花嫁舟に揺られていた。

舟は神田川河口の柳橋にある船宿川清の舟で、船頭は小吉という若者だった。

こたびの祝言は江戸両替商の筆頭、両替屋行司今津屋の老分番頭由蔵がすべて手配してくれたものだ。川清は長年今津屋に出入りの船宿だ。

むろん椎葉家と今津屋はなんの関わりもない。

永年住んでいた北割下水から麹町裏の平川町に屋敷替えした父の椎葉弥五郎は、学問所勤番組頭に出世して本所暮らしから離れた。

品川家との付き合いから縁が切れたとき、もはやお有の記憶から「兄」の品川柳次郎は薄れかけていた。

ところが七、八年後に両国橋で柳次郎と偶然にも再会したのだ。

柳次郎は背中に内職の品を背負って届けにいく途中らしく、流れを茫然と見ながらなんとなく己の来し方にでも想いを巡らせている風情だった。そんな柳次郎にお有は声を掛けたのだ。そして、その直後、お有は柳次郎の知られざる顔を知ることになる。

北割下水の御家人の次男の柳次郎がなんと、江戸でも分限者として知られる両替商筆頭行司の今津屋の主夫婦や老分番頭と昵懇の付き合いがあるなど、お有には夢想もできなかった。貧乏御家人の、未だ内職をせねば暮らしていけぬ品川家がなぜ、先の日光社参の費えを支えたと噂される今津屋と親密な付き合いがあるのか、理解できなかった、不思議だった。

あの偶然の出会いがなければ、お有は品川柳次郎と夫婦になどならなかったろう。幼馴染みだった「兄」の柳次郎と「妹」のお有がこの再会を機に恋心に変わって、交際が始まったのだ。

あの日、今津屋の奥座敷で内職姿の柳次郎とお有は、今津屋の内儀のお佐紀と一刻（二時間）ばかり茶菓を馳走になりながら話をした。

その折り、お佐紀と柳次郎の口から二人の名が頻繁に出てきた。

坂崎磐音とおこんという名だ。

今津屋を辞去したあと、二人は浅草橋へと向かいながら、

「柳次郎様、なぜ今津屋さんと知り合いなの」

と尋ねていた。

「不思議かな」

「だって今津屋さんは江戸一の分限者にして豪商でしょ」

「そうらしいな、だが、さようなことはそれがしには関わりなきことだ。最初はな、ある騒ぎの折りに今津屋に用心棒の一人として頼まれたことが切っ掛けであってな、以来出入りを許されておる。お有どの、この身分違いともいえる交際には、お佐紀様との問答で頻りに出てきた坂崎磐音どの、おこんさん夫婦が関わっておられるのだ。ただ今は坂崎様の西国の国許に戻っておられて、江戸を留守に

しておられる。お有どの、いつの日かその二人を交えて話そうか」

とだけ説明した。

あの日以来、どれほどの歳月が流れたか。


「お有様!!」

浅草橋から小僧らしい甲高い声がかかり、薄紫色の紙で作られた花びらがひらひらと花嫁舟に舞い散ってきた。

なんと今津屋のお内儀佐紀や奉公人の女衆や小僧たちが籠に入れた紙ふぶきを撒きながら、

「おめでとうございます」

「品川様と仲良くね」

などと祝いの言葉をかけてくれたのだ。

お有は舟に立ち上がると深々と頭を下げて感謝した。

もはやお有は分かっていた。

この江戸にいようといまいと、柳次郎とお有の祝言を陰から仕切ったのが姓を佐々木に改名した磐音とおこん夫婦だということを。

「柳次郎様、尚武館佐々木道場の佐々木磐音様と呼ばれる御仁はどのようなお方なの」

と改めて尋ねたことがあった。両国橋の再会のあと、今津屋の奥座敷で茶菓を馳走になって二月ほど過ぎたときのことだ。

「お有どの、それがしが本来お付き合いできる人物ではない。なにしろ西国のさる大名家の国家老の嫡子であったのだからな。そのお方が藩政改革に絡んで哀しい出来事を経験された」

「哀しい出来事ってどのようなことですか」

「お有どの、それがしのような凡人には到底夢にも考えられぬ大騒動じゃ。それを話せとお有どのは言われるか」

「有はお佐紀様や柳次郎さんのようにそのお方とおこん様のことが知りたいのです」

柳次郎はしばし沈思した。

「お二人を知ることは柳次郎様を知ることになると思うの」

「お有どの、この話、そなたの胸に留められるか」

「差し障りがあるの。私、軽口をたたくほどお喋りではございません」

「分かった。本日は昔話に留める、それでよいかな」

「いいわ」

柳次郎は磐音との長い付き合いのなかで知った、豊後関前藩の藩政改革に絡んで起こった友二人とその友の二人の妹の悲劇を語り聞かせた。

長い話が終わったとき、お有の瞼は潤んでいた。

「そのような話とは考えもしませんでした、ご免なさい」

とお有が詫びた。

「お有どの、われらの付き合いはすべて西国の藩の悲劇から始まっておるのだ。だがな、そなたがただ今の品川柳次郎を知るために坂崎磐音どのとおこんさんの付き合いを知りたいと思ったのは確かな判断なのだ」

「おこん様は今津屋の奥向きを取り仕切っていらしたのね」

「そうだ。一方奈緒様は」

「坂崎磐音様の幼馴染みにして許婚だったお方ね」

「そうだ」

「そのお方が父御の病のために遊里に身を落とされて、ついには吉原で全盛を誇った白鶴花魁となるお人ね」

すべてたった今柳次郎が話したことだ。

「柳次郎様、私には想像もできない出来事だわ。柳次郎様も知るように私は平々凡々な女子です」

「それがしも凡人だと幾たびもいうたな」

柳次郎の返答に頷いたお有が問うた。

「お二人は江戸に戻って参られますよね」

「旧藩に一時戻られたのだ、本年じゅうには戻ってこられよう。われら佐々木磐音どのとおこんさんの知り合いはすべてそのことを願っておる。なにより江戸で有数の剣道場尚武館佐々木道場の跡継ぎじゃからな」

「私もお会いすることができますね」

「必ず近々会うことになる」

と柳次郎が確約した。

お有は花嫁舟に乗って揺られながら佐々木磐音との出会いの日のことを思い出した。

父の椎葉弥五郎はお有と北割下水の御家人品川家の柳次郎との婚姻をなかなか認めようとはしなかったが、ある騒ぎをきっかけに弥五郎が認めざるを得なくなった。

のちに知ったことだが、弥五郎の変節も佐々木磐音の知人らが密かに椎葉弥五郎に圧力をかけた結果だった。

噂に聞く尚武館佐々木道場の跡継ぎ磐音と会ったのは、品川家でお有が姑になる幾代と柳次郎の内職の虫籠作りを手伝っているときのことだ。

ふいにお有の耳に穏やかな声音が響いた。

「お三方、仲睦まじゅう精がでますな」

お有が顔を上げると笑みの武士が立っていた。長閑な表情ながら、お有にはどっしりとした人物に見えた。すると幾代が、

「おや、これは尚武館の若先生ではございませぬか」

と応じ、

(この人物こそ柳次郎が敬愛する佐々木磐音様なのだ)

と気付いた。

柳次郎が実に嬉しそうな笑顔で近況を磐音に報告した。

品川家の御家人株を取り戻す力を発揮したのは江戸を留守にしていた人物佐々木磐音だったのだ。

お有は咄嗟に今津屋と柳次郎の関わりもこの人物から始まったことを悟っていた。

そのとき、磐音が柳次郎や武左衛門といっしょに今津屋の用心棒を勤めた人物とは到底考えられなかった。だが、柳次郎から時折り佐々木磐音の人物を聞くにつけ、柳次郎とお有の再会は佐々木磐音なる人物なしには考えられなかったと確信した。

だが、お有の驚きはそれだけでは済まなかった。

磐音とお有が初めて品川家で出会った直後から、天下を揺るがす大騒動が次々に佐々木道場の当代佐々木玲圓と跡継ぎの磐音に振りかかってきたのだ。

なにしろ佐々木親子が対決する相手は、幕閣らを味方につけて公儀を自在に操る老中田沼意次・意知親子なのだ。

佐々木父子はどのような関わりかお有には夢にも理解がつかなかったが、西の丸徳川家基様を当代の将軍家治の後継になすべく田沼父子と対立していた。

若い家基が聡明明晰な人物であり、この人物が将軍位に就いたとき、田沼父子の失脚は予測された。

お有とて西の丸の若い主が次の将軍と信じて疑わなかった。

ところが世間が驚愕する騒ぎが出来(しゅったい)した。

御鷹狩りに出かけた家基の死であった。家基の死は田沼親子が城中で絶大な権力を維持することを意味した。

そんなお有に、柳次郎が世間の風聞や読売に書かれた話を聞かせてくれた。

「お有どの、家基様が身罷(みまか)られた背後には暗殺説が流れておる」

「柳次郎様、公方様の跡継ぎになるお方をどなたが暗殺するというのです」

お有の問いに柳次郎が囁(ささや)いた。

「老中田沼意次・意知父子」

「西の丸様を老中が手に掛けられたのですか、そのようなことがあろうはずもございません」

と柳次郎に抗弁するお有に、

「家基様の死で事が終わったわけでは決してない」

と柳次郎が言い、

「お有どの、われらの祝言も先延ばしにせねばならないかもしれぬ」

「なぜ家基様が身罷られたことで私どもの祝言が先延ばしになるのです」

お有の疑問に柳次郎は答えられなかった。

「佐々木磐音様とおこん様が私どもの祝言の仲人をお断りになったのですか」

柳次郎が首を横に振り、否定した。

だが、お有は柳次郎の、

「事が終わったわけでは決してない」

ということを驚愕の事実で知ることになった。

佐々木玲圓・おえい夫婦が家基の死に殉じて身罷ったのだ。それがきっかけで田沼意次・意知父子のさらなる徹底的な粛清が始まった。

神保小路の直心影流尚武館佐々木道場が閉鎖に追い込まれ、仲人役を快く引き受けてくれていた佐々木磐音とおこんの夫婦が江戸から掻き消えた。さらには家治の御側御用取次として力を揮っていた速水左近は幕府直轄地の甲府に、

「山流し」

の憂き目に遭った。

家基を次の将軍にと働いてきた城内外の面々が田沼父子の力の前にひれ伏すことになった。

江戸城中は田沼父子に完全に全権を掌握された。

「柳次郎様、私どもも祝言をなしてはなりませぬか」

「仲人の佐々木磐音、おこん様がわれらの前から姿を消されたのだ。しばらく様子を見るしかあるまい」

と柳次郎が哀し気な表情で言った。

だが、磐音は江戸を去るにあたって、江戸に残った友人知人に品川柳次郎とお有の祝言のことまで手配していた。

「柳次郎様、佐々木磐音様とおこんさんは江戸に潜(ひそ)んでおられるのではございませぬか」

「いや、尚武館の跡継ぎ佐々木磐音様が江戸におることを田沼父子は決して許すまい。二人が田沼父子の追っ手を逃れて江戸を離れられたことは確かだ」

と柳次郎が言い切った。

お有は柳次郎の言葉が当たっていることを後に知ることになる。そして、今津屋の大番頭の由蔵が二人の仲人役を御典医桂川甫周(ほしゆう)と桜子(さくらこ)の夫婦に願ったのだ。

お有は佐々木磐音とおこんの夫婦が死の危険のなかで柳次郎とお有の祝言まで気にかけていることにただただ驚いた。

ともかく、

(私どもは佐々木磐音様とおこん様の意思にしたがい夫婦になるのだ)

と江戸におられぬ二人の厚意を深く受け止めた。

「お有様、源森川(げんもりがわ)が見えてきましたぜ」

と船頭小吉の声がお有を現(うつつ)に戻らせた。

お有は、花嫁舟を横川と北割下水が交わるところに向けてください、と小吉に願っていた。

北割下水で兄と妹のように育った幼馴染みが品川家に嫁入りするのだ。最後の花嫁道中は北割下水の堀端を自分の足で歩いて品川家に向かいたかった。

小吉の舟は源森川から横川に入り、南へと最後の船行をなして北割下水の入口に着いた。

お有は花嫁舟を下りる時、生まれ育った北割下水の夕暮れに点(つ)けられた常夜灯の灯(あか)りと花嫁行列の提灯(ちょうちん)の灯りで故郷をどぶ臭いにおいとともに眺めた。

子供たちの声が響いていた。今宵(こよい)は初午の宵だった。子供たちには嬉しい祭礼の日だった。

(私が柳次郎様といっしょに暮らしていく町)

だと思った。

とうとう麹町の平川町の武家地には馴染むことができなかった。そして、（北割下水の品川家）

を私は選んだ、と思った。

花嫁行列が組まれ、ゆっくりと北割下水の堀端を花嫁行列が進み始めた。すると磐音と柳次郎の友の一人、武左衛門の大声が堀端に響きわたった。

「柳次郎、喜べ。お有どのがそなたのもとに嫁に来たぞ！」

三

品川家の門を潜ると、幼いころから見慣れた玄関には篝火の灯りが点り、花嫁のお有を迎えた。いつもは慎ましやかにせいぜい二基の行灯が点る屋敷のあちこちに点されて明るかった。

玄関先に仲人役の御典医桂川甫周の内儀の桜子が花嫁を出迎え、お有の手を引いて廊下から床の間に祝言の祝いの品々が飾られた座敷に案内していった。

招かれた客の間から静かな感動の声が洩れた。

正客はこの屋敷の主品川柳次郎の上司の小普請組組頭中野茂三郎、南町奉行所の筆頭与力の年番方を外された笹塚孫一、同じく南町定廻り同心木下一郎太らが、武家方として参列し、あとは町人が多かった。

この祝言を催すために動いた今津屋の老分番頭由蔵に御用聞きにして地蔵蕎麦の主でもある竹蔵、それに江戸を不在にしている磐音とおこんの名代の金兵衛、深川鰻処の鉄五郎親方、品川家に迷惑ばかり掛け続けている竹村武左衛門と品川家と日ごろから付き合いのある北割下水の住人が何人か加わった。さらにお有側から両親椎葉弥五郎と志津の夫婦と実弟の佐太郎らが参列し、柳次郎の母親の幾代も加えて、二十余人の参列者であった。

七十俵五人扶持の御家人の祝言だが、武家方より町人が多いという、日ごろの暮らしぶりを示した内々の祝言であった。

一方、手伝いの男衆、女衆は招待客に比してなかなかの顔ぶれであった。今津屋、宮戸川、地蔵蕎麦の奉公人が加わり、いつなりとも接待の対応ができるように既に祝膳と祝酒が用意されていた。宮戸川の鰻の白焼きが各膳に添えられて柳次郎とお有の祝言を盛り上げていた。

そんな最中、桜子の手に引かれて姿を見せたお有の初々しい花嫁姿に静かな感嘆の声が上がった。

すでに花婿の席に着座していた花婿品川柳次郎は眩しげに花嫁のお有を見て、喜びを隠しきれない表情で迎えた。

一座が顔を揃えたところに本日の祝言の仕掛け人、今津屋の由蔵が仲人桂川甫周に、

「この場にあのお二方の姿があれば文句のつけようのない祝いの席でしたがな」

と小声で囁いたものだ。

あの二人とは神保小路の尚武館佐々木道場の主佐々木磐音とおこんの二人だ。

だが、西の丸の徳川家基が御鷹狩りの帰路に急死し、その死は老中田沼意次の意を含んでの、

「暗殺」

との噂が密かに江戸じゅうに流れていた。

この風聞に真実味を加えたのは官営道場ともいえた尚武館道場の佐々木玲圓とおえい夫婦の殉死であった。さらには尚武館佐々木道場が潰され、跡継ぎの磐音夫婦にも田沼の手が伸びてきた。

磐音は、家基と養父養母夫婦の仇を討つべく江戸に残り、決死の戦いを挑むか

と考えないではなかった。だが、徳川幕府のお膝元の江戸を混乱に陥れるのを避けて、密かにおこんと弥助、霧子だけを伴い江戸を離れていた。

「老分どの、こればかりは致し方ございますまい。私があのお二方の代役では力不足でございますかな」

　と桂川甫周は洩らした。

「とんでもないことでございます」

　由蔵は佐々木磐音とおこん夫婦の仲人の代役を快く引き受けてくれた桂川甫周と桜子に感謝をささげるとともに、自分の判断を自画自賛しながら、内々の厳かな祝言が始まった。

　桂川甫周が慣れた声音で心の籠った祝いの挨拶を若い夫婦に贈り、一座の面々に若い花婿と花嫁の力添えを願い、

「高砂やこのうら船に帆をあげて」

　と謡まで披露して祝言に花を添えた。

　桂川甫周は蘭学を学んだ医師であると同時に、十八大通の遊び人たちとも付き合う粋な社交家であった。ゆえに仲人の言葉が和やかさを醸し出した。

　さらに内々の出席者ばかりということもあり、南町奉行所の切れ者だが年番方

を外された笹塚孫一と、今津屋の老分番頭の由蔵が場を取り持って和やかに進んだ。

「おかしいな」

花婿の品川柳次郎が隣の花嫁のお有に洩らした。

「どうなされました」

「借り物の黒羽織を着た武左衛門の旦那がえらく静かなのだ。酒はふんだんにあるというのにさほど飲んでいる風もない」

下座に席を与えられた武左衛門の態度を見ながら気にした。

「かような場にお慣れではないので、遠慮なさっておられるのではございませぬか」

「お有どの、あの旦那は公方様の前に出ても酒を一杯飲めば本性を出す御仁だ。それがえらくおとなしい。まさか」

「まさかどうなされました」

「朋輩のそれがしの祝言になんぞ考えるところがあったのであろうか、いや、さようなことはあるはずもない」

そんな武左衛門のところに幾代が行き、酒を勧めていたが武左衛門はかたちばかり受けて、二人して親密に話し出した。

「おかしなことがあるものだ。母上と武左衛門がえらく親しげに話し込んでおる」

　と柳次郎が首を捻った。

　お有は別のことに関心を抱いた。

「佐々木磐音様とお二人がお会いになったのは今津屋さんでとお聞きしましたが、柳次郎様と武左衛門さんが最初に知り合われたのは、いつどこでのことでございますか」

「おお、そのことか。磐音どのと会った今津屋の一件より半年、いや、一年も前であったろうか。なにしろこちらは御家人の次男坊、つねに内職仕事を探しておってな、あの御仁とあちらこちらの口入屋(くちいれや)で顔を合わせるようになり、口を利くようになったのだ。あちらは子も多く、うちより暮らしが切迫しておる。そんな武左衛門の旦那に誘われて、なりふり構わず仕事をするようになったのだ。最初は佃島(つくだじま)に停泊しておる上方からの下り酒を積んだ千石船から、新堀川の酒問屋に荷船で酒を運ぶ仕事であったと記憶しておる」

　とても祝言の場とは思えぬ話に仲人の桂川甫周と桜子が関心をしめして聞き耳

を立てていたが、

「花婿どの、仕事は無事に果たせましたかな」

甫周が柳次郎に話の先を問うた。

「桂川先生、とんでもないことで。なにしろ下り酒の四斗樽を運ぶ仕事、旦那め、千石船から荷船に積み替えるときに、四斗樽をわざと荷船に落として樽を壊してしまいましてな、『おお、これはしくじった、もったいない』といいながら零れる酒に口をつけてちゅうちゅう飲むところを酒問屋の番頭に見つかり、『竹村の旦那、またわざと樽を落として壊しましたな』と怒鳴られて、その場で首になりました。それがしも近くにいたので、同罪と見られたか、三日の働き賃ももらえず、えらい目に遭いました。それが旦那と仕事をした始まりで、あれこれととんでもない仕事を数多いたしました。今津屋さんの仕事は、あの界隈の剣道場に仕事があると武左衛門の旦那に誘われていき、二人して員数に加えられたのです。まさかほんとうの斬り合いになるなんて思いませんでした。ですが、その折り坂崎磐音さんが加わられて、われらの首が繋がりました。坂崎さんとの出会いはそれがしの運のつき始めです。なにしろ武左衛門が持ってくる仕事にろくなものはありませんからね」

「お三方は話がお合いのようですね」

　と桜子が聞いた。

「桜子様、話が合うと申しても、坂崎さんは、いえただ今は佐々木様ですが大名家の重臣の嫡子、それがしは貧乏御家人の次男坊、部屋住みです。旦那は、元伊勢津藩家臣と公言していますが、あの話は信用がなりません。ともかくわれら三人生まれも育ちもまるで違います、それが却(かえ)ってよかったのでしょうか、この関わりは生涯続きそうです」

　致し方ないという表情で柳次郎が武左衛門を見ながら桜子に応じ、

「坂崎様、ただ今では佐々木磐音様は公儀の官営道場というべき尚武館道場の跡継ぎ、われらとはまるで身分が違いますな」

　とさらに言い足した。だが、その尚武館道場も潰されて消えていた。

「佐々木様の周りには常に波乱万丈の出来事が待ち受けております。ただ今はどちらにおられるであろうか」

　桂川の独白に柳次郎はしばし迷った末に小声で、

「この祝言の前、かの方から書状を頂きました」

「えっ」

とお有が驚きの声を洩らした。

「どこから書状が送られてきたかは申せません。未だ追っ手に付きまとわれておられるようです。お二人の間に空也さんと名付けられたお子が生まれたと認められてございました」

「柳次郎さん、その文、どうなされました」

「桂川先生、読み終えたのち、焼却するようにという言葉が添えてございましたゆえに、その命に従いました。わが手にあったのはわずか半刻足らずでした」

「なんと未だ刺客に追われて、放浪の旅をなされておられますか。それでいて朋輩の品川様に危険が及ぶことを気にしておられます」

と自ら密書を携えて国表から江戸藩邸に到着した折り、敵方から襲われ、磐音に助けられた経験を持つ桜子が呟き、

「桜子、あのお方はどのような苦難も乗り越えて、江戸へ戻ってこられる」

と甫周が言い切った。

「あのお方には江戸でなすべき仕事が待っております」

「そういうことだ」

四人の小声での話が終わったとき、武左衛門がふらふらと立ち上がり、

「花婿品川柳次郎、座がいささか寂しいな、わしが得意の詩吟(しぎん)を披露いたそうか」

と言い出した。

「待った、旦那。長い付き合いじゃが、そなたの詩吟など聞いたこともない。胴間声(どうまごえ)の詩吟の真似事など御免蒙る。この場はそれがしとお有の祝言の場じゃぞ。頼むからばか騒ぎをおこさんでくれぬか」

と柳次郎が長年の朋輩に懇願し、

「ならば友より花婿花嫁に一献さしあげようか」

と武左衛門が言い出し、よろよろと銚子をもって座の真ん中を祝言の主役に近付いていった。

「それがし、長い付き合いじゃが竹村武左衛門から酌をしてもらった覚えがない」

「柳次郎、お有さんとの祝言で上気しておらぬか。われらが酒を酌み交わす折りは酒飲みの作法どおり、注(つ)いだり注がれたりして仲良う飲み合ってきたではないか」

と言いつつ、最前のふらつきぶりとは異なり、武左衛門は上手に花嫁と花婿に

銚子から酒を注ぎ分け、

「ご両者、目出度いのう。共白髪で仲良く暮らせ」

と祝いの言葉まで述べた。その上で、

「そうじゃ、この場におらぬ尚武館の元道場主佐々木磐音に代わりて月下氷人の大役を務めてくれた、桂川先生と桜子様にも祝いの酒を一献飲んで頂こう」

と桂川甫周と桜子にも銚子を差し出した。

「なにやら今宵の祝言の終わりに大風か大雨が降るのではございませぬかな。ふだん尚武館の主どのやおこんさんから聞かされている竹村武左衛門どのの言動とはだいぶ違いますね」

御典医桂川が笑みの顔でいい、ゆっくりと酒を飲み干した。それを見倣うように花嫁花婿、そして、桜子までが口をつけた。

その光景を見た武左衛門は、

「おお、そちらに今津屋の老分番頭由蔵どのが陪席しておられるか、ならばそちらにも一献」

と言い残して、花婿花嫁媒酌人夫婦の前を由蔵のもとへと移ると、

「なにしろ花婿の品川柳次郎は酒席で酒を注いでまわるなど器用な真似はできま

せぬからな」

と言った。

「武左衛門さんから酌をしてもらった記憶がこの由蔵にもございませんな」

と笑みの顔で酒を受けた由蔵が、

「竹村さん、今宵のご発案なかなかのものでございますな。私はこの話を聞いた折りにほうほう、やはり佐々木磐音様、品川柳次郎様、そして竹村武左衛門のお三方は、生まれも育ちも違いますが真の朋輩と感心いたしましたぞ」

と思わぬ言葉を吐いた。

「おや、この酔っぱらいが、今宵の祝言のためになんぞ趣向を考えましたかな」

と南町奉行所の老練な与力、大頭の笹塚孫一が由蔵に尋ねた。

「おや、これはしたり、祝い酒に酔いましたかな、内緒ごとをついうっかりと口にしました」

と由蔵が言い、

「うーむ、致し方のうございますな。いささかご一統様にお願いがございます。今宵初午祝言は徹宵して飲み食いするのではのうて、四つ（午後十時）過ぎにお開きにして祝いの場を品川家に明け渡そうではないかとの発案がな、なんと武左衛門さんからございましてな、いかがでございましょう、仲人の桂川先生」

「おお、それはよろしきことではございませぬか。内々の祝言、適当な折りにお開きにいたすのは結構なことでございます」

仲人の桂川甫周が応じて一同が頷いた。

「仲人様、ご一統様、わが品川家はご存じのとおり貧乏御家人にございますが、過日わが上役の小普請組組頭中野様より次男のそれがしに七十俵五人扶持を継ぐことをお認め頂きました。生涯一度の大盤振舞でございます、母上と内職にも相務めた金子もございます。祝言は徹宵して酒を酌み交わすのは習わしにございますれば、どうかごゆっくりとお過ごしくだされ」

と柳次郎が一同に願った。

「柳次郎、そなたの正直はばかの二文字がつくな。祝言の場でお歴々を前に北割下水の御家人の内所まで事細かに話す要がどこにあるか。わしの発案と今津屋の老分番頭どのが申された真意を、そのほうは未だ半分も知らぬ」

と武左衛門が言い切った。

「なに、まだなにかあるのか」

「おお、横川にな、川清の屋根船が止まっておってな、この場からご一統はそちらに移られ、地蔵蕎麦の名物の蕎麦を啜りながら、気持ちも新たに酒を酌み交わし、大川巡りをいたそうという趣向じゃ」

「なに、さようなことを武左衛門の旦那が考えたか」

花婿の柳次郎が驚きの顔で質した。

「おお、それがし、ふだんから今津屋にはいかい世話になっておるでな、わが知恵を授けてな、費えのほうは天下の今津屋に引き受けてもらった」

「なにっ、呆れたな。わし以上の知恵者かな」

とつい最近まで南町奉行所の年番方与力として二十五騎の与力と百二十余人の同心を率いて、悪党ばらをひっ捕まえていた笹塚が感嘆の言葉を洩らした。

その折り、盗まれた金子でもはやだれのものか分からぬものは公儀勘定方に納めるのだが、その金子を着服などせず、南町の探索費に回す荒業を長年繰り返してきた笹塚孫一だ。だが、田沼意次・意知が威勢を揮う時世になって、年番方の職階を外され、一介の与力になり、憮然とした日々を過ごしていた。

「南町の知恵者与力どの、わが知恵には金子は付きまといませぬがな、ここにおられるご一統と春の大川の風にあたりつつ、酔いをさまし、地蔵蕎麦で口直しをしながら、乗船の皆様方の御屋敷の近くまでお送りしようという趣向にございますぞ、この知恵いかに」

「武左衛門の旦那、一世一代の知恵を絞ったな」

　金兵衛が大きく頷き、

「この歳になると酒もそう飲めませんでな。気分をかえて春の大川で地蔵蕎麦をすする食通も粋ではないか」

　と珍しく武左衛門を褒めた。

　この仕掛けは好評で、早速品川家からぞろぞろと北割下水の堀端を横川に向かうと、川清の主の耕右衛門、船頭の小吉らが待ち受けて、なかでもすでに地蔵蕎麦の仕度が整っていた。

　花婿の品川柳次郎も花嫁の有も最後に乗ろうと川端に立っていた。

「幾代様や、ささっ、こちらへ」

　と武左衛門がなんと積年の恩讐を忘れたように手を差し出して、幾代を屋根船に乗せた。

「武左衛門の旦那、真にこの仕掛けはそなたの発案か。ただ今、どこの地にかおられるお方から文かなんぞで知らされたことではないか」

　品川家に届いた佐々木磐音からの書状を思い出しながら、柳次郎が質した。

「わしの長屋に書状など何十年も届いたことはないわ。すべてな、柳次郎とお有夫婦のために、ない知恵を絞ったのよ」

「ほう、相談したのは今津屋の老分番頭お一人か」

「いや、もう一人な、大事な役目を願った方がおられるわ」

「どなたかな」

と言いながら柳次郎がお有の手をとり、最後に屋根船に乗り込もうとした。すると、すっ、と屋根船が源森川の方向へと離れていった。

「おい、われら花婿花嫁を乗せんで、どうするつもりか。川清の船頭衆、すまぬがもう一度船を岸辺につけてくだされ」

柳次郎が狼狽の体で叫んだ。一方、お有は今宵の仕掛けを漠然と悟ったようで、その場に立ったまま動こうとはしなかった。

「柳次郎、今宵はお有さんとな、二人だけで過ごせ。わが磐城平藩の長屋が一つ空いておるでな、幾代様は三、四日わが長屋の隣で預かり、のんびりと過ごすことになった」

「なに、母上がそなたの長屋で過ごすじゃと」

「おお、案じることはない。幾代様も承知のことだ。着替えなどはわしが前もって運んでおいた」

と武左衛門が屋根船のなかへと姿を入れ、船は業平橋（なりひらばし）の方角へと溶け込むように消えていった。

「こんな話はそれがし一向に知らんぞ、お有どの、われら二人だけとり残された、どういたす」

「今宵、私と二人だけで過ごすのはいけませぬか」

「最前まで飲み食いしていた膳部はどうなる、われら二人だけで祝言の夜から後片付けか」

と柳次郎が茫然自失として洩らし、お有が、

「それもようございましょう」

と微笑みの顔で言った。

四

柳次郎とお有が屋敷に戻ると、最前まで大勢の人の気配がしていた台所が妙に静かだった。

「お有どの、宴の場が片付いておるぞ」

「どなたがかようなことを」

お有の目に、床の間の竹籠に白梅と紅梅が一輪ずつ活けられ、有明行灯の点る枕元には香がたかれ、初床が敷かれているのが映じた。そして、枕辺に白磁の徳利と盃が二つ、盆の上に置かれてあった。

二人は台所に向かった。台所はすべていつも以上に掃除がなされ、祝言で使われた膳も器もどこへ消えたか見当たらなかった。

「今津屋、宮戸川、地蔵の親分の女衆男衆がすべて片付けたのであろうか、なんという早業か」

「武左衛門さんは私どものためにかようなことをすべてをお考えになったのでしょうか」

「武左衛門にこのような考えがあるとは到底思えぬ」

「でも、今津屋の老分番頭さんはそう申されました」

未だ屋敷じゅうが一瞬にして別の光景に変わったことが信じられない柳次郎は言葉もなく、長年内職をしてきた縁側や座敷を見て回った。

「われらが横川に行ってこの家を留守にしたのは四半刻(しはんとき)(三十分)ほどであろう。

かような早業にして荒業がすべて武左衛門の旦那の知恵とも思えぬ」

柳次郎が何度も同じ言葉を繰り返した。

「柳次郎様、武左衛門さんの思い付きを今津屋の老分番頭さん方が知恵を巡らし、かように念の入った諸々を企てられたのでございましょう」

お有の言うように武左衛門一人でできることではなかった。

「今宵、この屋敷にお有どのと二人で過ごすのか」

「いけませぬか。皆様のご厚意でございます。素直にお受けするのが私どもの務めでございましょう」

「お有どの、それがし、努々（ゆめゆめ）考えもしなかったことじゃぞ、驚いた。母上がこの屋敷を留守にするなど絶えてなかったことじゃ。いや、一度とて覚えがない」

「今宵から数日、この屋敷は柳次郎様と有二人だけの住まいにございます」

と言ったお有が、未だ落ち着きを取り戻せない柳次郎に白磁の盃を差し出した。

「柳次郎様と有の夫婦の契（ちぎ）りの盃にございます」

お有は柳次郎に持たせた盃に酒をゆっくりと注いだ。

「三々九度の固めの杯をなしたぞ」

「これは私ども二人だけの契りにございます。半分は有のために残してくださいまし」

お有の言葉に柳次郎は白磁の酒器から半分ほどいささか急いで飲み、

「これでよいか」

と差し出すと、両手で花嫁が受け取った。

「頂戴いたします」

花婿が花嫁のために残した酒をお有は口に含んでしばし瞑目し、喉にゆっくりと落とした。

「柳次郎様、これで私どもは真の夫婦になりました」

「お有、よろしく頼む」

「こちらこそ」

白無垢姿のお有が柳次郎の前に両手をついて頭を下げた。

「かような宵を迎えられるとは夢を見ているようじゃ」

「決して夢ではございませぬ。柳次郎様と有がこの北割下水で生まれたときからのさだめにございます」

「さだめか」

「はい、さだめにございます」

と言い切ったお有が、

「両国橋で何年かぶりに再会したのは偶さかではございません。天におられる八百万の神様が二人の再会を仕向けてくだされたのでございます」

内職の品を背の大風呂敷の包みに負い、所在もなく大川の流れを見ていた柳次郎にお有が声をかけたのだ。

「そうか、われらは夫婦になるさだめであったか」

と繰り返す柳次郎に、

「柳次郎様は有に会った最初の出来事を記憶しておられますか」

「お有に会った最初の日のことか」

柳次郎は考えずともお有に最初に会った出来事を覚えていた。だが、口にできることではなかった。

「どのようなことでございますか」

「内緒じゃ」

「なぜ内緒でございますか」

「品川柳次郎にとって大事な秘密ゆえな」

「仰いまし。私どもは夫婦にございます」

「夫婦は内緒ごとがあってはならぬか」

「今宵だけはお互いが秘密の記憶をさらけ出してもようございましょう」

「そうか、それが初夜というものか」

「幼き折りの私どもは無垢な心にございました。だんだんと成長し、お互いがいろいろなことを見聞し、美しきことも悪しきことも知り、大人になりました。ですが、今宵一夜、私は柳次郎様が私を知った日の出来事を知りとうございます」

有は珍しく執拗だった。

「お有、そなたはそれがしを最初に意識した日をはっきりと記憶しているというか」

「はい、はっきりと。夏の宵のことでした。私がまだ幼かった日の出来事です」

（分かった）

と柳次郎は思った。

「それがしが十二、三のころの夏じゃな」

はい、と答えたお有が恥ずかしそうに微笑んだ。

「それがし、母に言われて庭でとれた瓜を二つそなたの屋敷に届けたことがあった。門前から奥を覗いたがだれもおらぬで庭に回った」

「その折り、有は母上にたらいで湯あみをさせられておりました。あの日、風呂桶が壊れていたのです」

「そうであったか」

柳次郎は確かに記憶していた。

「柳次郎様が不意に庭に姿を見せられて私の裸を見て、立ち竦まれました。手から瓜を落とされて、慌てて逃げるようにして姿を消されました」

「それ以前とてお有に会っておるような気がする。だが、あの日のように鮮明に記憶していることはない」

「柳次郎様に見られた裸の私のことをどなたかに話されましたか」

「いや、話すものか、母上とてな。ゆえにそれがしの大事な秘密なのだ」

「大事な秘密とはまたどうして」

柳次郎はしばし沈黙して口にするかどうか迷った。

「あのような美しいお有を見たことがなかったでな」

柳次郎はお有の顔を正視しながら言った。

「ただ今柳次郎様の前にいる有よりも、長年の秘密だった有が美しゅうございますか」

「お有、幼いお有もただ今の有も同じ有だ、それがしにとって大切な女性なのだ。比べることはできぬ」

お有が、

「柳次郎様は有の裸を承知のただひとりの男でございます」

と洩らし、柳次郎は頷いた。

「柳次郎様、有のすべてをご覧くださいまし」

お有がくるりと柳次郎に背を向けると、白無垢の帯を解き始めた。白い滑らかな背が柳次郎の眼に留まった。

「お有、あの秘密の日より長い歳月が過ぎた」

「私どもはもはや夫婦にございます」

真っ白な長襦袢のお有が柳次郎を見た。

お有は上体を晒して柳次郎に見せた。

ごくり、と音を立てて柳次郎が唾を飲み込んだ。

「柳次郎様、そなた様は有の他に女子衆を承知ですか」

「それがしが坂崎磐音と申されるお方に惹かれたのは、許婚の奈緒様に操を立てられ、生きてこられたその覚悟にじゃ。それがし、人物は坂崎磐音どのとは比べようもないが、それがしが操を捧げた相手は、椎葉有、品川有ひとりじゃ」

柳次郎は両手をお有に差し出し、そっと胸に触れた。するとお有が柳次郎の胸に倒れかかり、柳次郎がしっかりと抱きとめて柔らかな体を引き寄せた。

「柳次郎様」

「お有」

二人は一つになって抱き合ったまま寝床に横になった。

初めての、そして長い夜が始まった。

武左衛門が茶碗酒をくいっと飲み、

「うっふっふっふ」

と思い出し笑いをした。

「どうなされた、武左衛門どの」

「一郎太どの、人間偶にはよきことをなすのは気持ちが晴れやかになるものじゃのう」

「と申されますと」

南町奉行所定廻り同心木下一郎太が問い返した。

「うむ、わしがよきことをなしたことに気づかれぬか」

「はあ、残念ながら」

「貧乏御家人の品川柳次郎に幼馴染みのお有さんが嫁にきたのじゃぞ」

「われら、そのために品川家に招かれ、ただ今は初午の夜の隅田川を屋根船にて気分を変えて飲食しつつ下っておりますゆえ、そのことはよう承知です」

「ならば分かろうが。狭い屋敷で初めて夜を過ごす若夫婦に気兼ねがなきように姑を引き取ったのだ。なかなかできることではなかろう」

「おお、そのことですか」

「なんだ、そのことですかとは」

「これは失礼、確かによき発案をなされた。とは申せ、考えを行うにはあれこれと金子もかかり、人も大勢動きましょう」

「それはそうじゃ、ゆえに今津屋どのにまずは相談した」

「武左衛門さんならではの大胆な行いですな」

「であろう。ために今ごろは二人して、のうのうと遠慮のう悦楽の時を過ごしていよう。なにしろわが下屋敷の長屋の一室に、邪魔な姑を引き取ったのじゃからな」

と武左衛門が残った茶碗の酒をくいっと飲み干した。すると武左衛門の視線の先に幾代の顔があった。

「おお、姑どのか」

「はい。いかにも若夫婦の邪魔な姑の品川幾代でございます。こたびは武左衛門どのにお気遣いいただき、若夫婦が初めての夜を姑要らずで、のうのうと過ごしておりましょうな」

「さようなことをどなたに言われましたな」

「おのれがつい最前申されたことを早お忘れか」

「うむ、わしがさようなことを言いましたかな。木下どのと内緒話はした覚えはござるがのう」

「武左衛門どのの胴間声は一丁先からでも聞こえます」

「なんとも迂闊であった。いや、余計な節介であったならば武左衛門、かように詫びよう」

と武左衛門がぺこりと頭を下げた。

「まあまあ、幾代様、今宵のことは武左衛門さんの手柄、当人が申されるように『人間偶にはよきことをなすのは気持ちが晴れやかになる』ことにしておきますか。この由蔵、祝言の場で酒を堪えておられる武左衛門さんを初めて見ました。幾たびも盃に手を伸ばしかけては膝をつねったり、首の後ろをひっ叩いたりして我慢する行いだけでも、奇跡と申さずばなりますまい」

幾代と武左衛門と由蔵三人の問答に金兵衛が割って入った。

「ああ、それは認めますな。なにしろ酒のさの字を聞くと我慢ができないお方が必死でこらえておいでしたからな」

「金兵衛どの、おまえ様の婿どのの朋輩とはとても思えぬ御仁じゃからな。わしもこの御仁が酒の勢いであれこれやらかしたのを番屋に引き止め、小伝馬町の牢屋敷送りを阻止したことが一度や二度ではないからのう」

と笹塚孫一がこちらも酔いの勢いでばらした。

「なにっ、わが婿の朋輩は牢屋敷に入るほど酒の勢いで騒ぎを起こしましたか」

お有の父親の椎葉弥五郎が武左衛門を呆れ顔で睨んだ。

だが、こちらは平然たるものだ。

「舅どの、われら朋輩三人組、佐々木磐音、品川柳次郎、そして、この竹村武左衛門にはそれぞれ役割がございましてな、坂崎磐音と申し、金兵衛長屋で腹を減らしていたころ、われらそれぞれの役割に沿って世間のためにあれこれと尽くしたものですよ。この武左衛門がいなければ、佐々木磐音も品川柳次郎の幸せもござらぬでな」

とぬけぬけと武左衛門が言い放った。

「まあ、今宵はめでたい初午祝言の夜ゆえ、竹村武左衛門の戯言もご一統様お聞き流しあれ」

と笹塚孫一が言い、

「どうしておるかのう、あの御仁」

と懐かし気に屋根船の外を見た。

坂崎磐音とおこんの代役の仲人を無事務めた桂川甫周と桜子は、船中の問答を楽しみつつ聞きながら、最前花婿の柳次郎から消息を聞いた磐音一家を期せずして想っていた。

船に鼾(いびき)が響いた。

船に乗り、茶碗酒を何杯も飲んで急に酔いの回った武左衛門が寝始めたのを幾代が見て、武左衛門は武左衛門で気を遣った結果、草臥(くたび)れたのだと思い、しばし迷った末に倅との約定を破ることにした。

「ご一統様、昨日のことでございます。遠国よりあのお方から書状が届き、柳次郎が未だお有様と所帯を持っておらぬなら、一日も早く祝言をいたすように、また仲人を約定しながら果たせなかったことを深々と詫びて参られました」

しばし船中に沈黙の間があったのち、急にざわめいた。

「なんと昨日、文が届きましたか。さすがはあの御仁、勘がようございますな。それに長兄としての役割を確かに心得ておられます」

と由蔵が言い、

「ご夫婦にはお変わりございませぬか」

と幾代に尋ねた。

「一子が無事誕生したそうにございます」

「な、なに、おこんに子が生まれましたか。で、二人の子は、いえ、わしの孫の名はなんと書いてございましたな、幾代様」

と金兵衛が急き込んで問うた。

「坂崎空也、と名付けられたそうです、金兵衛さん」

「なに、空也ですか、この金兵衛もとうとう爺様になりましたか」

と金兵衛がしみじみと洩らした。すると笹塚が、

「佐々木から坂崎に姓を戻したか、なにか考えあってのことかな」

と幾代に尋ねた。

「その辺りの事情は認めてございません。それよりも文を読んだらすぐに焼却をするようにとの注意が付記されておりました。ために柳次郎が燃やしましたゆえ、今宵、私がご一統様にお話ししたことは祝言の酒に酔った品川幾代の世迷言にございます。今後だれになんと問われようと、ただ今申し上げたことは存じませぬ」

と幾代が言った。

幾代は柳次郎が仲人夫婦に話したことを知らなかった。また桂川夫婦も知らぬ振りで聞いた。

船中に喜びが広がったあと、あまり喋らなかった柳次郎の上役小普請組組頭の中野茂三郎の、

「われら、幕府の下々には理解もつかぬことじゃが、幕閣を壟断するあの親子から赤子を抱えて逃れる旅は、いかに元尚武館道場の道場主とはいえども、難儀なことでござろうな」

との言葉に重い沈黙が一座を支配した。

「わが婿とおこんと空也は、いつ江戸に戻ってこられましょうかな」

と金兵衛がだれにとはなしに尋ねた。だが、だれ一人金兵衛の問いに答えられる者はいなかった。

「この船中にある者、だれしもが一日も早い一家の江戸戻りを待っておる。それだけは確かじゃぞ、金兵衛さん」

と笹塚孫一が言った。

屋根船の船尾から耕右衛門の、

「神田川に入りますぞ」

との声が響いてきて、由蔵が下りる仕度を始めた。

北割下水の品川家では、お有の白い肌を両腕に愛おし気に抱き締めた柳次郎が、

「お有、それがしの子を産んでくれ」

と願った。

「柳次郎様、子は授かりものです。有は柳次郎様に可愛がってもらいとうございます」

という恥ずかし気な声音が柳次郎の耳になんとも心地よく聞こえた。

第二話　幻の夏

一

大川の河口近く、新大橋の東に深川六間堀町と呼ばれる町屋があった。北と西は武家地、南は紀州徳川家拝領屋敷、東側だけが町屋の森下町だ。そんなところに六間堀町が東から北に向かって短冊形に伸びている。元々西葛西領深川村の内であったが、対岸の江戸の開発に伴い、深川村の分郷六間堀と呼ばれるようになった。

隅田川の河口付近で左岸から東に向かい、竪川と小名木川が並行していた。本所から深川にかけてだ。この二つの堀を南北に結ぶのが六間堀だ。堀の由来どおり堀幅は六間。六間堀町はこの六間堀に沿って奥行き二間から五間、長さは三百八十間、家数は七百三十八軒ほどがひしめき合って暮らしていた。

なにしろ細長い町内ゆえ、北組と南組に分かれ、北組は六間堀の北之橋際に、南組は中橋にそれぞれ自身番屋があった。

南組には御米蔵があったが、この建物の東側に六間堀町界隈でもひと際貧しい裏店、だれが言い出したか、唐傘長屋があった。六間堀に面した傘屋の家作ゆえ唐傘長屋と呼ばれてきた。だが、だれもが雨が降れば板屋根から雨が漏ってきて傘を差さねばならないから、唐傘長屋なのだと信じていた。雨の翌朝、天気になると堀端に必ず傘が干してあった。

おそめはそんな唐傘長屋で生まれた。

初めての記憶は、雨音だ。

夜雨が降り出し、一家は板屋根から漏れる雨をさけて部屋の隅に固まっていた。母親の温もりがおそめに安心感を与えていた。そんな記憶に父親の存在はなかった。

長い夜が明けて雨が上がった。

夏の光が唐傘長屋に射し込んできた。

おそめは光が当たった腰高障子を大人になっても記憶していた。

どこもが雨の漏れる長屋で寝もせずに過ごしていたのか、朝餉の仕度をしたり濡れた夜具を干したりしていた。むろん一晩重宝した傘は堀端に広げて干された。

母親おきんは、腹に子を宿していた。

雨の一夜からどれほど日にちが経ったか、おそめはおきんに手を引かれて小名木川沿いの河岸道を歩いていた。

「おっ母さん、どこにいくの」

「じいちゃんの家だよ」

「じいちゃんってだれ」

「おまえのじい様だ、知らないか」

唐傘長屋におそめのじいちゃんが、いや、身内が訪ねてくることはない。

おそめは父親で屋根職人の兼吉とおきんの実家が反りの合わないことをすぐに知ることになる。

「じいちゃんちは長屋なの」

「漁師のじいちゃんだ、一軒家だ」

と母親がどこか自慢げに応じた。おそめには漁師がなんなのか分からなかった。

「なにしに行くの」

「お産にいくの」

「えっ、長屋で産まないの、弟、それとも妹」

「そんなこと生まれてみなきゃ分からないよ。いや、おまえを産んだときの感じに似ているよ、妹だろう」

おきんが無責任にも言い切った。

（そうか、いもうとがうまれるのか）

と思いながら、この界隈で小名木沢と呼ばれる大名家の下屋敷が並ぶ河岸道に差し掛かっていた。

初夏の陽射しが白く光り、親子を照らし付けていた。腹の大きなおきんは額に汗を垂らして、手拭いで始終拭っていた。

「おっ母さん、おそめもじいちゃんの家で生まれたの」

母親がおそめを見下ろして、

「唐傘長屋で産んだよ」

と言い放った。

「いもうとはどうしてじいちゃんの家でうむの」

「おまえの父ちゃんが長屋で産めば産婆代がかかる、実家で産んでこいと言ったからだよ」

柿葺(こけらぶ)き職人の兼吉は、酒好きの上に小賭博に手を出して損ばかりしていた。ために兼吉は家に生計(たつき)の銭を滅多に入れたことがなく、女房のおきんとそのことで喧嘩ばかりしていた。

おきんは不意におそめの手を強く引くと、三河吉田藩松平家の下屋敷の塀に沿って曲がった。

小名木川に流れ込む川幅四間ほどの清い流れで、褌(ふんどし)一つの数人の職人たちが色鮮やかに染め上げた木綿地を水につけて、糊(のり)を洗い落としていた。

おそめの足が止まり、尋ねた。

「おっ母さん、なにをしているの」

「染めているんだよ」

「なにをそめるの」

「浴衣(ゆかた)地とか鯉のぼりの布地を染めたんだよ」

「ゆかたってなに」

「浴衣は浴衣だよ」

おきんはぶっきらぼうにおそめに言った。

裏長屋暮らしで浴衣や鯉のぼりとは無縁だった。

おそめはおきんの手を振りほどくと、小走りに職人たちの働く河岸近くへと向かった。

この界隈の大名屋敷には清らかな水が湧き出ていて、それがこの小川へと流れ出ていた。小名木川の北側深川下大島町には、この清水を利して の染物屋が何軒かあった。そんな一軒の染物屋の職人だろう。

浴衣地の朝顔が清水に躍ってなんとも美しかった。

おそめは赤い鶏頭の花が咲く土手道に腰を下ろして、流れに躍る朝顔を見た。

「おい、ねえちゃん、染め物が好きか」

と無精髭(ぶしょうひげ)の職人がおそめに声をかけた。

おそめは、うん、と返事をして両手が藍色に染まった職人に返事をした。

「夏はいいよな、この商売はよ。だけど、冬はきびしいぞ」

とおそめに言った。

「なぜふゆはきびしいの」

「冬はよ、雪は降るし水は冷たいからな」

ふん、と返事をしたおそめは頭のうしろをぴしゃりと叩かれた。

「いくよ、おそめ」

おきんがおそめの細い肩を摑んだ。

「おっ母さん、見ていたい」

「ばかいうんじゃないよ、こんな陽射しの下で染め物職人の仕事なんぞ見てどうするんだ、一文にもならないよ」

母親はおそめの手を引っ張ろうとした。

「よう、おきんちゃんよ、おめえの娘か、可愛いな。子供はよ、なんでも初めてのものを見るのが好きなんだよ。少しばかり休んでいきねえ。まだ弥兵衛（やへえ）さんの網小屋までだいぶあるぜ」

褌一丁の染め物職人は母親の知り合いか、そう言った。

おきんはふーん、と鼻で返事をして、ぐいぐいとおそめの手を引っ張って歩き出した。

「おきんちゃんよ、相変わらず気が強いな、亭主兼吉とうまくいってねえのか、腹ぼてだがよ」

職人の声が追いかけてきた。

「亀（かめ）の兄いよ、染め物職人なんておきんの目じゃねえってよ」

「おきんの亭主は飲んだくれの柿葺き職人じゃねえか。おれたちと同じ小名木川筋の住人だ、それで口も利いてくれねえか」

「勇（いさむ）の一件があるからな、話したくねえのよ」

おきんとおそめの親子の背に染め物職人の声が追いかけてきた。

（いさむってだれだろう）

「おっ母さん、しっている人なの」

「職人なんて知るわけないだろ」

「でもおっ母さんの名をしっていたよ」

「おそめ、なんでもかんでも聞くんじゃないよ。じいちゃんの家に辿（たど）りつかなきゃあ、暑さで死んでしまうよ」

「しぬってどういうこと」

「うるさいね、少しばかり黙っていられないのかね」

おきんが手拭いでおそめの額の汗をごしごし拭った。

「ああー」

と流れの先に青田が広がっていた。

「おっ母さん、きれいだね、あれはなあに」

「田圃（たんぼ）だよ、おそめは田圃も見たことないのかい」

顔見知りの職人の関心から逃れられたと思ったか、おきんの声音が幾分和んでいた。おそめが物心ついた六間堀界隈に田圃や畑はない。

「たんぼってなあに」

「また、始まったよ。おまえのあれなあに、これなあにがさ。田圃は米ができるところだよ」

「米ってごはんのこと」

「ああ、そうだよ。治兵衛新田に久左衛門新田、それに八右衛門新田だよ。米が採れる田圃だよ」

「こんなに広いところでごはんがつくられるんだね。でも、うちはいつもお米がないの」

「あれはうちの田圃じゃないの、六間堀では米屋から米を買うんだよ」

「米屋ではうちには売ってくれないよ」

「ああ、ツケが溜まっているからね、父ちゃんがしっかりと働いて、酒さえ飲まなきゃね。こんなに苦労することはないのにね」

おきんは四歳の娘相手にぼやいた。

おそめは青田が広がる中で潮風を感じた。そして、遠くから波の音がした。

「あの音はなあに」

「海の波音だよ」

「海ってなんだろ」

「おまえ、海を知らないのかい」

「おっ母さんはしっているの」

「わたしゃ、江戸の浜育ちだよ。お父っつぁんの舟でおまえの歳には釣りに連れていってもらったからね、海を承知だよ」

「ふーん、海はろっけんぼりより長いの」

「六間堀なんて比べものにならないよ」

「大川と同じくらい」

「大川が流れこむ先が海だよ。広くて空が高いところだよ」

おそめはどうしても海が理解つかなかった。

「もうすぐさ、じいちゃんのうちに着けば海が見えるよ」

「魚もおよいでいる」

「ああ、魚はうじゃうじゃいるのが海だよ」

「魚屋さんはうみから魚をかってくるんだ」

「じいちゃんみたいな漁師が魚を釣って魚屋や料理屋に売るんだよ」

「じいちゃんの家に早く行こ」

田圃が途切れると湿地の中に細い道が延びて、おそめの背丈の何倍もある萱や葭が生えていた。

磯の香りの風が吹くと、わさわさと萱の群れが揺れた。

不意に萱の原が途切れて平井新田に十数軒が集まった漁村が姿を見せた。漁り舟が十数艘ほど泊まっていた。かつては江戸の内海だったところを埋め立てて出来た平井新田に、ひっそりと漁村、平井浜があった。

「ここが海なの」

「ああ、海は水路を通っていったところにあるよ。ほら、潮の香りがしてくるだろう」

おきんがいうところに一艘の漁り舟が水路から入ってきた。三角の帆を張った小さな舟に真っ黒に陽光に灼けた年寄りが乗っていた。

「おそめ、じいちゃんの舟だよ」

「あれがじいちゃんなの」

「ああ、そうだ」

と応じたおきんが、

「お父っつぁん」

と手を振った。

「おお、おきんか、大きな腹を抱えて何事だ」

「亭主が実家でお産をしろってさ」

「兼吉め、自分の子のお産も長屋でできないのか」

「産婆さんに払う銭が惜しいのだと」

「兼吉らしいや、相変わらず酒浸りか」

「まあ、そんなとこね」

「あんな男とくっつくからこんな目に遭うんだ」

と言ったじいちゃんの弥兵衛がおそめの姿に気付いた。

「なに、おきん、おまえが手を引いているのがおそめか、いくつになった」

「四つよ、お父っつぁん」

漁り舟が小さな入江の浜に舳先を乗り上げた。潮の香りと魚の匂いに塗れた小舟から、じいちゃんが浜に飛び下りて舫い綱を杭に絡めた。

「じいちゃんなの、お父っつぁんなの」

「じいちゃんはおっ母さんのお父っつぁんなんだよ」

小さな入江の浜から猫たちが姿を見せた。じいちゃんが餌の小魚を猫たちに投げ与えた。鶏もあちらこちらで餌をついばんでいた。

六間堀とはまるで違う光景だった。なにより人の姿がなくて話し声も聞こえなかった。

おそめはおきんの手をしっかりと摑んで、

「ふかがわにもどろ」

と小声で願った。

「おそめ、母ちゃんはじいちゃんのところでお産をするんだよ。しばらくこの浜で暮らすことになるよ」

おそめは萱に囲まれた小さな漁村を見渡した。

猫がたくさんいて人のいない浜がおきんの生まれ育った平井浜だった。

「おそめ、大きくなったな。じいちゃんに抱かせろ」

と言った祖父の弥兵衛がひょいとおそめの体を大きな腕で抱えると、おそめの鼻に魚の匂いがした。

おそめはじいちゃんの腕のなかでもぞもぞと体を動かしてじいちゃんから顔を背けた。

「よし、家にいくぞ。おきんは少し休め」

と言いながら弥兵衛がおそめを抱いたまま、浜近くの家へと入っていった。土間に色鮮やかな網を繕っている男たちがいた。

「弥兵衛のじいさんよ、おきんさんが娘を連れて戻ってきたか。酔っ払いの柿葺き職人から逃げ出してきたか」

一人だけじいちゃんと同じような年寄りの吉五郎が尋ねた。

「お産におそめをつれて帰ってきたのよ」

「亭主の兼吉は挨拶にこないか」

「こねえな。あいつになにか望んでも、こちらの腹の立つだけだ」

「違いねえ。おきんちゃんよ、風の通る座敷で少し休みねえ。それから網元さんに挨拶に行くだね」

板の間の奥に畳敷きの六畳間があった。ばばのおくめが薄っぺらい敷布団の上に花ござをしいて、

「おきん、すこし休むだ。陽盛りを歩いてきただからな」

おきんの母親のおくめが、おきんとおそめを一階の畳敷きの部屋に連れていった。

「おっ母さん、網元さんへの挨拶はあとでいいかね」

「ああ、日が落ちてから挨拶にいくだ」

おきんとおくめの間で話がなり、おきんとおそめの親子は座敷に通った。八畳間は寄合に使われるのかべたべたと壁に注意書きが貼ってあったが、読めないおそめにはなにが書いてあるのか理解がつかなかった。

座敷の二方向から潮風がさわさわと入ってきて、おきんがどさりと座った。おくめが濡れ手拭いをもってきて娘に渡した。

「おきん、もう仕事してねんだか」

「半月前まで働いていたがよ、この腹になっちゃあ動きが付かねえ、主のおかみさんがやや子を産むまで休めというだ。長屋でごろごろしていても、銭がかかるだけだ。実家に戻ってやや子を産めと兼吉が言ったのさ。あいつが酒を飲んでいる姿を見るのも嫌だから、平井浜におそめを連れて戻ってきたのさ」

「致し方あるめえ、自業自得だ」

と言ったおくめがさらに言った。

「この浜なら産婆さんも、網元のお婆様もいるしよ、住んでいる人間は知り合いばかりだ」

おくめの言葉に、汗に濡れた浴衣を苦労して脱いだおきんが花ござの上に横になった。

おそめは磯の香りのする葭の原を見た。葭の間からきらきらと光っているものが見えた。

「おっ母さん、あれはなーに」

「江戸の海だよ、明日にもじいちゃんがおまえを海に連れていくよ」

と投げやりに言ったおきんが両眼を閉じた。

二

夕暮れ前、ひと休みした娘のおきんが元気を取り戻したのを見た母親のおくめが、二人を連れて網元の家へと向かった。

「あみもとの婆様ってなにをする人」

とおそめが母親に聞いた。

「網元は平井浜のいちばんえらい人よ。漁師を取りまとめていなさるの」

「婆様がえらいの」

「ああ、何年か前に爺様が死んだあと、女ながら網元を務めていたくらいだから、えらいな。なんでもやりなさる」

「なんでもって」

「舟も漕げば、絵も描きなさる。そのうえ、平井浜の産婆までやりなさる」

とおくめがぽつんと言った。

おそめはその口調にじいちゃんの家とは違うようだと思った。

「網元のばばさまがさんばなの」

「ああ」

とおきんが言い、

「おっ母さんのお産をてつだうの」

「だから挨拶に行くのよ」

おそめには小さな漁師村平井浜の網元の婆様が産婆を兼ねていることが理解できなかった。

「うちのじいちゃんよりえらいの」

「平井浜のいちばん偉い人なの、おそめ」

平井浜の網元にして偉い人の屋敷は、浜より少し奥まった小高い場所にあって門まである大きな家だった。門の梁には小舟や漁具などがきちんと整理されて吊るされていた。

「ご免くだされ」

おくめが緊張の声で二度、三度呼び、男衆が姿を見せておくめと二人で何事か話し合っていたが、

「お袋は離れ屋にいるぞ、おきんさん」

と言うのが聞こえた。

網元の家の広い敷地には母屋の他に離れ屋があるようだった。手入れの行き届いた庭石や庭木のある敷地伝いに奥に向かった。

「だーれ、あの人」

「ただ今の網元さん、ばば様の倅の壱之助さんよ。ああ、おそめ、あちらが離れ屋じゃ」

網元は婆様と壱之助の二人がいるのか、とおそめは思った。

「おっ母さんの家より大きいね」

「おそめ、網元の婆様の前でそんな話はしていけないよ。うちのじいちゃんの網小屋も網元さんのものだからね」

おそめはおきんの緊張がなんとなく察せられた。

西に傾いた陽が射し込む離れ屋の縁側で、白髪の髪をきっちりとまとめた老婆が筆を手になにかを描いていた。その周りには描いたばかりの絵が何枚も広げられて、小石が重し代わりに載せられていた。奥の座敷には機織り機まであった。

「網元の婆様、久しぶりでございます」

挨拶するおきんの声が緊張していた。

「網元の婆様、おきんが娘を連れて平井浜に戻ってきました。腹のやや子は婆様の手を借りることになりますで、挨拶に来ました」

おくめが老婆に言葉をかけた。そして、長々とおそめに聞こえないように小声で言い訳めいた話を続けた。一方おきんは黙って母親の言葉を聞こえぬふりをして、年寄りの問答には加わらなかった。

網元の婆様と呼ばれた老婆が顔を上げて、おくめになにかを言い返し、ちらりと無言のおきんを見て、おそめに視線をやった。

「おきんさん、一番目の娘かね」

ゆったりとした口調に貫禄があった。

「深川で生まれたおそめです」

おきんがおずおずした声で答えた。

「どうれ」

絵筆を置いた網元の婆様がおそめに両手を差し出した。

おきんがおそめの体を抱えて沓脱石に上げた。おそめは縁側の老婆の顔を見ると、婆様も見返した。

「賢そうな子だね」

おそめは縁側にちらばる絵を見た。萱の原の向こうに沈む夕日に照らされた海と山が何枚も何枚も描かれていた。

「なにをしているの」

とおそめはだれにいうともなく聞いた。

「ああ、この絵ね。暇つぶしの道楽よ」

と網元の婆様が言った。

「ひまつぶしのどうらく」

と呟くおそめに、

「おそめは深川生まれだね、あなたのおっ母さんは私が取り上げたのよ」

と話をすり替えるように言った。

「あみもとのばば様は絵をかくのが仕事なの」

おそめは絵に拘った。

「絵は好きなだけよ」

と言った網元の婆様が、

「そめ、後ろを見てごらん」

と命じた。

沓脱石の上で後ろを振り返ったおそめは、

「ああー」

と壮大な景色に感動の叫び声を洩らした。

萱の原の向こうに黄金色に輝く水面が広がっており、千石船が帆を畳んで何隻も停泊していた。そして、さらに黒々とした岬の向こうに残照に照らされた、ひと際高い山が見えていた。

（おばば様はこのけしきを描いていたのか）

おそめは縁側の絵を見てようやく得心した。

「この山はなあに」

とおそめの好奇心が頭をもたげた。

「富士山よ。そして、手前の海は江戸前の海」

「初めて見た」

おそめは江戸の内海と峠の向こうの堂々とした山影を改めて見た。

六間堀町界隈から富士山を見たこともなければ、内海を見たこともなかった。

おそめは縁側の絵の数々と現実の風景とを幾たびも見比べた。

絵が上手いかどうか分からなかった。でもこの瞬間の景色を描きたくなる気持ちがおそめにはよく分かった。

一方、網元の婆様は、

「おきんさん、座敷に上がりなされ」

おきんを呼び寄せ、縁側から座敷に上がらせるとその場に寝かせ、帯を解き、大きなお腹を触っていたが、

「まだお産までには間があるね」

と診断した。

「今日明日にも生まれるかと思いました。網元のお婆様の助けを借りようと必死

で来ました」

おきんは、網元の婆様に対してはどことなく卑屈になっていた。母親の言葉づかいを聞いたおそめは、離れ屋のある網元の家が平井浜のお頭の屋敷なのだと思った。

「いや、あと一月や一月半はこの浜で過ごすことになりそうだね。おきんさん、偶には生まれ育った平井浜の身内といっしょに過ごすのも悪くありませんよ」

と網元の婆様が微妙な言い回しで応じた。そして、おそめに、

「そめ、平井浜にも子供はたくさんいますよ、朝晩光を浴びていれば元気な子に育つからね」

とおそめの背後を差した。

おそめが振り向くといつの間に現れたか、陽に灼けた子供たちが七、八人集まっていて再びおそめを見ていた。

「網小屋の弥兵衛さんの孫のそめですよ、明日から仲よくして遊んでやりなされ」

と網元の婆様が子供たちに命じた。するとおそめより大きな娘が、

「お婆様、分かりました」

と応じて、

「おそめちゃん、明日、平井浜のことを教えてあげる」

とおそめにさらに話しかけ、

「私、平井浜のなつみ」

と名乗った。

「ふかがわろっけんぼりのおそめです」

とおそめも応じた。

「おくめさん、あんたの家は男が多かったね、おきんさんとおそめちゃんが戻ってきて、華やかになるといいわね」

と笑った。

網元のお婆様の名はなんというのだろうか。そんなことをおそめは思い、平井浜では「網元のお婆様」だけで通じるのだと幼心に理解した。

網小屋に戻ったとき、男たち三人が竈でめしを炊いていた。蚊遣りがくゆり、松明の灯りが家のなかを照らしていた。

そのとき、おそめは網小屋には二階があることに気付いた。

「おまえさん、すまないね、いま直ぐめしの仕度をするからね」

とおくめがじいちゃんにいった。残りの二人の若い男は、どうやら母親おきんの弟たちだと思えた。

「姉ちゃんちの娘か」

竈の前で火吹き竹を手にした若い男がおきんに尋ねた。

「おそめだよ、米助」

「ふーん、おめえの子供とは思えないほど利口そうな娘だな」

と言った米助が、

「おそめか。おりゃ、おまえのおっ母の弟の米助だ。それでこいつは弟の松造だ、分かったか」

野太い声がおそめに確かめた。

「あたしのじいちゃんはやへえ、ばばさんはおくめ、うちのおっ母さんのおとうとがよねすけさんにまつぞうさんだ」

「やっぱりおめえのおっ母に比べて賢いや。いいか、よく覚えておけ、おまえのお父っつぁんやおっ母のように、義理を欠く真似をしちゃならねえぞ、ろくなものにならないからな」

火吹き竹を手にした米助が、本気か冗談かどちらともつかぬあっけらかんとした口調で言った。すると、おきんが

「おそめはまだ幼いんだよ。米、余計なことを教えるんじゃないよ」

と弟に文句をつけた。

「姉ちゃんよ、おめえが兼吉と勝手にくっついたあと、おれたち一家がどれほどこの浜で詰(なじ)られたか知るめえ。兼吉が本性を出すのは分かっていたことだ、困ったからって、突然戻ってきてよ、網元の婆様に産婆の願いか。詫びの言葉の一つも言って願ったか」

と米助が言い放った。

「米助」

おきんがきんきん声で応じた。いつも酔っ払った兼吉と喧嘩するときの声だった。

「米助、もういい。おきんに罪はあっても、おそめにはなんの咎(とが)もねえ。こたびばかりは黙って、受け入れて子供を産ませてやれ」

弥兵衛が何事も諦(あきら)めたような口調で身内を窘(たしな)めた。

「分かったぜ、父っつぁん」

おそめは、母親が決して喜ばれて父親の兼吉といっしょになったのではないと、なんとなく悟らされた。

男たちが板の間の火が入っていない囲炉裏端(いろりばた)で酒を飲み始めた。だが、父親の兼吉とは違い、漁師の三人は豪快に酒を飲むと、手際よくおくめとおきんが用意した夕餉(ゆうげ)の魚の焼き物と野菜の煮物でめしを食い、さっさと二階に上がっていった。

「おそめ、漁師の家はな、朝が早いんだ。めしも酒もさっさと済ませる。それによ、平井浜ではなにがあっても助け合う。どうしても駄目なときには網元さんに願う、それが習わしだ」

とおくめが言った。

「分かった、ばあちゃん」

「おめえは確かに賢いな」

「おっ母さん、わたしと違ってかね」

「おきん、だれもそんなことは言わねえ。米助の言ったことを気にかけているのなら忘れろ。あいつらだって、おまえの仕打ちに仲間にあれこれと言われて、いじめられたんだからな」

と言った。

その夜、おきんとおそめの親子は一階の畳の部屋でいっしょに寝た。確かに唐傘長屋の九尺二間よりおきんの家は広かった。

「あたしたち、この家にいていいのね」

「おっ母さんの家だよ、おめえの妹か弟が生まれるまで何月だっていてかまわないんだよ」

だが、おそめはすでにこの網小屋が、網元の持ち物だと母親の言葉で知っていた。そして、身内からも決して歓迎されていないことを察していた。

「深川にお父っつぁんが待っているよ」

「待ってなんかいるものか、飲んだくれているだけだよ」

「お父っつぁん、ごはんも炊けないよ」

「仕方ないよ、こっちで子を産めって言ったのはあいつだもの」

「お父っつぁんもここに来ればいいのにね」

「平井浜から屋根職人が仕事に行けるものか、それに」

と言いかけたおきんの言葉が止まった。

おそめは父親の生まれ在所がどこだか知らなかった。だが、はっきりとしているることはこの平井浜の男ではないということだ。

おそめは母親に聞こうかと思ったが、知らないふりをするのがよいことだと思い、

「おっ母さん、もうねるよ。今日、いろんなことがあったもの、疲れちゃった」

と言って目を閉じた。眠り込む前に、母親のおきんが平井浜に戻ってくるのは、本人にとってもそう容易なことではなかったのだと思った。

おそめはその夜、幾たびか目を覚ました。でも直ぐにまた眠り込んだ。隣の板の間に男たちが下りてきた気配に、おそめは鼾をかいて眠り込む母親を起こさないようにして、板の間に行った。

「どうした、小便か」

弥兵衛がおそめに聞いた。

まだ外は真っ暗だった。

「これから海にいくの」

「そうだ。漁が平井浜の男の仕事だ」

と米助が言った。

「おそめも舟にのりたい」

「なに、漁にいきたいか」

と弥兵衛がおそめに質した。

「行きたい」

「まだ四つの娘が漁り舟は無理だな」

「どうしてなの、母ちゃんはおそめの歳に舟に乗ったと言った」

「おそめは海を知るまい。危ないでな」

「海が見たい、富士山が見たい」

おそめは弥兵衛に願った。すると、

「親父の独り舟ならば邪魔にはなるめえ、乗せてやりな」

と松造が助け舟を出してくれた。

「平井浜に戻ってくるのはお天道様が上がってからだぞ。二刻半（五時間）も我慢できるか」

「できる。おそめは海から富士山が見たい」

「ふーん」

と米助が言い、

「兄いよ、網元のお婆様の絵を見てよ、こんなことを考えやがったか。なにより四つの娘がこの刻限に起きて頼んでいるんだ。海も今朝はなぎだ、そう揺れることもあるめえ」

と松造の言葉に弥兵衛が、

「致し方ねえ、おくめ、おきんが案じるといけねえや、あいつが起きたらおそめは海に出たというんだ」

「おきんが子供のことなど案じるものかね。夜中に酒を食らって寝てやがる。お腹にやや子がいるというのにね」

とおくめが言った。

「なに、亭主ばかりか、あいつも盗み酒か」

と呆れた声を弥兵衛が洩らし、

「おそめ、小便をしてこい、舟に厠（かわや）なんてねえからな」

と命じた。

三

葭原の間の水路を抜けるとおそめの視界に広々とした海が広がっていた。

夏の夜明けが近付き、海と陸が見分けられ、遠くに富士山の頂きが望めた。

平井浜の漁師舟の大半は網元の壱之助を頭にして、網漁に沖合に出ていった。だが、弥兵衛ともう一人の年寄り二人は、小舟に一人ずつ乗って釣り糸で魚を釣るのだ。

吉五郎は半丁ほど離れたところで釣り糸を垂らしていた。葭原のすぐそばの海でだ。

「海にはうじゃうじゃ魚がいるの」

おそめは弥兵衛の傍ら(かたわ)に座らされて、小舟から海面に手をつけていた。

「おおー、カレイ、アナゴ、スズキ、クロダイ、ボラ、下魚のサンマ、イワシとなんでもいるな」

「じいじいは沖の船にはのらないの」

「昔は吉五郎もわしも乗っていたがよ、もはや歳だ。小舟で独り釣だ」

「魚がつれる」

「ここんとこ金になる魚は何日も釣ってねえな」

「どうして」

「魚にもそれぞれ都合があらあ、こちらの勝手で生きているわけじゃねえからな。致し方ねえよ」

弥兵衛が諦観した口調でぼそりといい、なんの切り身か餌をつけた針を海に投げ込んだ。

「今日はつれるよ」

「どうしてだ、おそめ」

「おそめが舟に乗ったからよ」

「釣舟に女子が乗ると不漁と相場が決まっておる、平井浜ではな」

「ふりょうってなあに」

「魚が釣れねえことだ」

ふん、と返事をしたおそめが、

「そんなことない。おそめがいるとうなぎのかごに大きなうなぎが入っているもの」

「なに、深川近辺で鰻がとれるか」

「とれるよ。だから、じいじいもきょうはうなぎが釣れるわ」

「武江(ぶこう)では鰻は釣れんな」

「ブコウって海のこと」

「おお、江戸前の内海を武江というそうじゃ。ともかく鰻は釣れまい」

「なにが釣れたらいいの」

「スズキでも一、二匹釣れるといいがのう。ここんとこ不漁続きじゃ、わしも吉五郎もな」

「じいじいも吉五郎じいもきっと釣れるよ」

おそめは沖合の平井浜の網船を見た。数艘の漁り船が網を海に落としていた。

うむ、と弥兵衛が洩らし、釣り糸を二度三度と小刻みに上下させて、

「釣れたかもしれん、バカサメでなければいいが」

と言いながら釣り糸をゆっくりと引き上げていった。

「おお、大物が食い付いておるぞ」

おそめも明るくなり始めた海面の下で魚影が右に左に暴れ回るのを見た。

「大きい」

「おお、海の中では魚は大きく見えるもんじゃ。だがな、こりゃ、尺五はありそうなスズキじゃぞ、何日ぶりか」

弥兵衛は丁寧にスズキを小舟に引き寄せて片手のタモ網で掬（すく）おうとしたがなかなか網には入らなかった。

「おそめ、鉤（かぎ）の手をかせ」

弥兵衛が手で小舟に置かれた道具を差した。

「これなの、じいじい」

「おお、それじゃ」

弥兵衛は網に代えて鉤の手の曲がった切っ先を暴れ回るスズキの鰓（えら）に刺して小舟に引き上げた。

「大きいね」

「一尺五寸はたっぷりある大物じゃ、これでこの数日の不漁は取り戻せた」

弥兵衛はスズキの頭を鉤の手の頭で、こつんと叩くと手際よく血抜きをした。

ふうっ、と満足げに息を吐いた弥兵衛におそめが、

「一匹だけでいいの」

「おお、今日は釣れそうじゃな」

「おそめが乗っているからよ」

「かもしれん」

と言った弥兵衛が手早く釣り糸に新しい餌をつけて海に投げ込んだ。

「また釣れるといいね」

「おそめが乗っているからよ、運が向いてきたかもしれん」

その言葉どおりさほど間を置かず、弥兵衛が手にした釣り糸が海中へと引き込まれていった。

「こんどは小ぶりじゃのう」

と言って釣り糸を上げ始めた弥兵衛が、

「たまげたな、クロダイがかかった」

と驚きの声を上げた。

「スズキより小さいね」

「おお、最前のスズキとは比べ物にならんな、だがな、八幡宮(はちまんぐう)の料理茶屋で値よく買ってくれるぞ」

と弥兵衛が満足げに言った。

「じいじい、腹がすいた」

「ばあさんが握りめしを用意して持たせたろう。それを食え」

「おそめだけ食っていいの」

「わしは稼ぎ仕事があるでな」

弥兵衛は大漁日にあたったと思ったか、直ぐに釣り糸を海中に落とした。

おそめは明け初めた海と富士の山を見ながら、じゃこ飯の握りを食べたら急に眠くなった。

「じいじい、眠くなった」

「胴の間に筵(むしろ)を敷いてあるでな、そこで寝ろ」

弥兵衛はおそめを見ようともせず釣りに専念していた。

「おお、吉五郎もスズキを上げたぞ」

弥兵衛が仲間の釣りの様子を確かめて言った。

おそめはそんな声を聞きながら小舟の揺れに身を任せていた。小舟の揺れはなんとも心地よかった。ふと思った。

（おっ母さんはなぜ平井浜を出て深川に住んだのだろうか）

ここの暮らしが嫌だったのだろうか。

「じいじい、おっ母さんはなぜ浜を出たの」

「うむ、おきんがなぜ平井浜を出たか聞くのか」

「そうよ、ここにおったほうが楽しかったろうなと思ったの」

「深川の味噌屋に奉公に出てよ、柿葺き職人の兼吉と会ったからよ、あっちに住まうことにしたのじゃろうて。半端職人より勇のほうがどれほどよかったか」

「いさむって、だあれ」

うん、と応じた弥兵衛は釣りに夢中になっておそめの問いに答えた言葉が四歳の孫に話すべきことではないと気付いたか、

「ああ、勇は勇よ。おお、また引いた」

と弥兵衛がその話題を転じて、

「おそめ、眠れ」

と命じた。

（いさむってだれだろう）

とおそめは思いながら、すとんと眠りに就いた。

小舟が大きく揺れる感じにおそめは目を覚ました。すると小舟の傍らに網船が寄っていて、

「弥兵衛さんよ、久しぶりの大漁じゃな。形のいいスズキが二匹、クロダイ一匹、なに、マダイまで上げたか。よし、富岡八幡宮の魚料理屋に持ち込め」

と当代の網元壱之助が命じた。

「網元、吉五郎はどんな具合だ」

「あっちもスズキ三匹にボラ二匹だ」

「網はどんな具合だ」

「まああだ、河岸に運んでいるぜ」

河岸とは日本橋の魚河岸のことだ。

「親父、おれが富岡八幡宮の料理屋に吉五郎じいさんの分と親父の分を売ってこよう。マダイとクロダイは値よく買ってくれるといいな」

と米助が小舟に乗り込んできた。そして、代わりに弥兵衛が網船に乗り移り、おそめに手を差し出した。

「じいじいは浜に帰るの」

「おお、おまえもそうしろ」

「あにさんはどうするの」

「聞いたろう、この界隈の魚料理屋に卸しにいくのさ」

「おそめも行く、行っちゃいけない」

小言ばかりいう母親のそばより男たちといっしょのほうがおそめには楽しかった。

「なに、おめえも行きたいか。帰りは昼過ぎになるぜ」

「かまわない」

「おきんさんの娘は深川育ちだが、平井浜が似合いかもしれんな」

と網元の壱之助が許しを与えた。

小舟にはすでに吉五郎の釣った魚も載せられていて、網船に乗り移った弥兵衛が、

「おきんにはわしが伝えておく」

と言った。

米助は手際よく小舟を網船から離して内海を西へと向けた。父親の弥兵衛より櫓(ろ)さばきは力強く、右手に萱原を見ながら飛ぶように小舟は西へと下っていった。

「魚は鮮度が命だ」

と櫓を操りながらおそめに言った。

「せんどってなあに」

「魚の生きがいいということだ、獲れたての竿釣りなら料理茶屋が河岸値より高く買ってくれるんだ」

おそめは米助の話の半分も分からなかったが、今日は弥兵衛じいじいにとっていい日だったようだと理解した。

小舟は萱地の途切れたところから右手に入り込んだ。すると木材を組んだ筏が堀を往来していた。

「深川の木場だ。おそめは知らねえか」

「ろっけんぼりしか知らない」

「そうか、そうだろうな」

と米助が得心した。

いつの間にか内海を離れて堀に入っていた。

「おそめ、富岡八幡宮は知っていよう、深川っ子ならばよ」

おそめは首を横に振った。

「知らねえか。まあ、いいや。深川と平井浜はそんなに遠くはねえ、だが、人によっては遠くに感じる者もいるよな」

と言った米助が、

「ほれ、ここが永代寺門前町富岡八幡宮の船着場だ。この界隈に魚を食わせる料理屋があるんだよ」

と小舟を船着場の端に止め、

「すまねえ、一時舟を見ていてくんねえか」

と猪牙(ちょき)舟の船頭に願った。

米助は弥兵衛と吉五郎が釣った魚の竹籠を両腕に抱えて、

「おそめ、おれについてきな」

と命ずると歩き出した。

おそめは同じ深川にある富岡八幡宮の賑わいを初めて見た。

船着場の傍らの鮮魚料理屋の裏口に回ると、

「おや、米さんかえ」

と女将さん風の粋な女衆がおそめを見て、

「おまえさん、所帯持ちだったのかえ」

「女将さんよ、平井浜の半人前の漁師に所帯なんてもてるもんか、おそめは姪っ子だよ」

「大きくなったら美形になるよ」

「こいつのおっ母は根性ワルだがよ。それより親父が釣った魚を見てくんな」

竹籠を厨房の板の間に置いた。

「おお、いいスズキだな、いや、マダイもいいかたちだ」

と料理人頭が一瞬で魚を見分けた。

「米さん、ぜんぶ貰ってもいいよ」

「ありがてえ。親父と吉五郎じいが喜ぶぜ」

米助が応じて、女将さんが二冊の書付を出して魚の種類と大きさと数を書き入れ、

「弥兵衛さんのはこっち、吉五郎さんはこの額でどうですね」

と見せた。

「親父のマダイはいま一つだがな、馴染みのことだ、致し方あるめえ」

と米助はあっさりと承知した。どうやら売り買いは現金ではなく、月終わりに精算するようだ。

「米さん、おまえさんの姪っこといったね、おっ母さんはおきんさんかえ」

女将が話を戻した。

「そうか、女将さんは平井浜をおん出た姉を承知だったたな、そうなんだよ、おき

んの子なんだ」

「別嬪（べっぴん）さんになるよ。大きくなったらうちに奉公にお出で」

と言ったおかみさんが台所にとって返すと、紙包みをおそめに差し出し、

「饅頭（まんじゅう）だよ、帰りの舟で食べてお帰り」

と言った。おそめは米助の頷く顔を見ると、

「おかみさん、ありがとうございます」

と両手で受け取りながら頭を下げた。

「賢いよ、この娘は」

「姉と違うことは確かだよ、女将さん」

二人の問答をおそめは聞かないふりをした。

帰りの小舟で米助が、

「饅頭を食べな、平井浜には子供がたくさんいるからよ、持って帰ると厄介だ」

とおそめに命じた。紙包みを開くと四つ饅頭が入っていた。

「米助おじさんも食べて」

と一つ櫓を漕ぐ米助に差し出すと、そうかい、と答えた米助がぱくりと饅頭に

食らいついた。それを見たおそめは一つ手にとり、二つ残った饅頭を包み直した。

「ばあばあとおっ母さんに土産にするわ」

「おそめは優しいな。おめえのようにな、おきんが気を遣ったならばな」

と言いかけて言葉を止めた。

「おじさん、聞いていい」

「なんだ」

「いさむさんってだれ」

おそめの言葉に櫓を漕ぐ米助の手が止まった。

「まさか、おきんから聞いたんじゃねえよな」

「違う、だれでもない」

ふーん、と返事をした米助が櫓を再び漕ぎ始めた。

しばらく小舟のなかに沈黙が続いた。

「おめえは賢い娘だ。となりゃ、世の中には聞いていい話と悪い話がある。分かるか」

米助の言葉におそめは、しばらく間をおいて、

「ごめん、聞いて悪い話だったのね」

「おそめ、おめえのおっ母と勇は平井浜で物心ついたころからの幼馴染みよ。おれがいまおめえに答えられるのはそれだけだ」

おそめは米助の言葉を必死で理解しようとした。母親のおきんの亭主は勇じゃない、柿葺き職人の兼吉だ。

「分かった。もうだれにもこの話はしない、約束する」

「ああ、平井浜にいる間は知らんふりをして過ごすことだ」

首肯したおそめは、

「あたしたちが平井浜にきたのはめいわくだったのよね」

「いや、迷惑じゃねえ、だがな、物事には手順がある。おきんがそれを分かっているかどうか」

「おじさん、おっ母さんもここしかお産をするところがなかったのよ」

「まあ、そんなところだろうな」

と言った米助が、

「四つのおまえがどれだけ分かるかしらないが、平井浜は小さな漁師村だ。網元を頭に稼ぎも互いが分け合って暮らしていくところだ。そうしなければ生きていけねえからな。平井浜の外に極楽の江戸があると思ってよ、これまでも出ていった者がいないわけじゃねえ。でも、大半が平井浜に戻ってきた。その折りは網元を始め、住人に挨拶して願うのが筋だ、礼儀だ。姉はよ、お産をするところがねえてんで、後ろ足で泥をかけた平井浜に戻ってきた。だが、おそめ、片付いてねえ一件があることに頬かむりしてやがる。おそめ、四つのおめえに話すのは酷だとおれも承知だ。分かるところでいい、覚えておいてくれ。そしてな、おめえは、決して礼儀しらずになるな、姉と兼吉がどんな暮らしをしているかしらねえ。だが、おまえだけには、いや、姉が産む子供にもおめえから伝えてくんな。おそめとその子には、平井浜って故郷(さと)があることをよ。いつでもよろこんでおれたちはおまえたちを迎えるぜ」

と最前の言葉を自ら破って幼いおそめに説明した。

おそめはがくがくと頷きながら、必死で涙を堪えた。

四

おそめは平井浜の暮らしに慣れて、子供たちといっしょに萱原や浜で遊び、二、三日に一度は弥兵衛の小舟に乗って、未明の独り釣の漁に出ていた。

なぜかおそめが弥兵衛の漁に同行すると「大漁」だった。そんな暮らしに慣れたころ、網元のお婆様からおそめに誘いが届けられた。網元の離れ屋に行くと、独りで絵を描いていた。

「お婆様、なんぞ用ですか」

「用は格別ありません。私の相手をしながら絵を描いてみませんか」

とお婆がおそめに言い、傍らの絵筆や紙束を見せた。

「絵など描いたことはありません。まっしろな紙に絵をかくなんてもったいないです」

「ならばこちらにお出でなされ」

お婆がおそめをきめの細かい白砂を入れた二尺四方の薄ぺらの箱の前に連れていき、

「そめ、白砂にそめが描きたい景色などを棒で描いて稽古(けいこ)をなされ」

「けしきをえがけばよいのですか」

おそめはお婆が描いていた、夕暮れの海の向こうに小さく聳(そび)える富士山の絵を思い出した。

「それはそめが好きなものを描けばよいのです。気に入らなければこの刷毛(はけ)で絵を消して、又描くのです。何度か繰り返しているうちに絵を描く感じが摑めます。描いては消し、描いては消ししながら絵を描くコツを覚えるのです、そなたは利発な子です、一日試してみれば絵を描く面白さが分かります」

お婆の言葉に従い、おそめは平井浜の景色を描いては消す作業を繰り返した。

白砂を敷き詰めた画面の大きさに慣れたころ、おそめは景色をいったんやめて、弥兵衛が釣り上げた得物のかたちを丁寧に描いてみた。白砂に細い竹棒の先ではなかなか微妙な感じが表現できなかった。それでも白い砂を盛りあげてみたり、目や鰓を描いたりしてみた。段々と面白くなったおそめが夢中になっているのを見た網元のお婆は、おそめの「絵」を見に庭に下りてきた。

弥兵衛の独り舟に乗ったとき釣り上げたマダイの絵らしく、その記憶を辿って立体的に描いたものだった。

しばらくおそめの描いたマダイを見ていた網元のお婆は、

「ようマダイの特徴を摑んでいます」

と言い、おそめに改めて一束の紙と絵の具と使い込んだ絵筆を三本ほど与えて、

「紙は使い切ったらいくらでもあります、好きなだけ使いなされ」

と言った。

とくちょうってなんだろう、白砂の画板での稽古は終わったのだろうか。おそめは、

「なにをえがこうか」

と長いこと迷った末にやはりマダイを描くことにした。

おそめはまず真白な紙の大きさと鯛のかたちを考えて、一気に釣り上げられた鯛が小舟の舟底で暴れる姿を描くことにした。そう思い付いたら画面いっぱいにマダイが躍動する姿を線描した。その上でマダイの顔や胴体や尻尾(しっぽ)や鰓の細かい動きを描き込んでいった。

網元のお婆は何も言わず、おそめに自在に筆と絵の具を使わせて、ちらりちらりと見ていたが、

「よう弥兵衛さんの釣ったマダイの特徴を摑まえていますよ。私にも描けない絵です。最後まで仕上げてご覧なさい」

と言った。

むろん四歳の子供が描いたマダイだ。あれこれと注文をつけようと思うといくらもあった。だが、幼い娘が大胆にもマダイの生き生きとした特徴をとらえているのは網元のお婆には驚きでしかなかった。なにより紙の使い方が大胆でおおら

かだった。このような絵心と感性をもつ子供は平井浜にはいなかった。

おそめは記憶を頼りにマダイの目玉や鱗（うろこ）を丁寧に描き、最後に色を加えて仕上げていった。

半日かけて描かれたおそめのマダイを手にした網元のお婆は、

「そめには絵心がありますよ」

と褒めてくれ、しばし間をおいて、

「そのことがそめを不幸にするか運をもたらすか」

と呟いた。

「どうすればよいですか」

「私が一人のときに描いた絵はしばらく私が預かっておきましょう。平井浜の子供たちといっしょに描いた絵だけを弥兵衛さんの家に持って帰りなさい」

と命じた。

おそめはお婆の言葉の意味が理解つかなかったが素直に頷いた。

二日か三日に一度弥兵衛の小舟に乗り、漁に出た。魚が一匹も釣れないことも、大漁のときもあった。

おそめはそんな弥兵衛の表情や、夜が明けていく光の具合や、江戸の内海の波の色の変化や、富士山の頂に朝の光があたる様子をじいっと見て記憶した。

おそめにとってなんとも幸せな夏の日々が過ぎていった。

おきんの腹はいよいよ大きくせり出して、

「こりゃ、男の子かもしれないな」

と母親のおくめに言われた。

「おっ母さん、男でも女でもいいよ、早く生まれないかね」

とおきんが答え、おくめが、

「おきん、夜中に酒を飲むのはよしたほうがいいよ」

と小声で注意したのをおそめは聞いていた。

おきんがなにか母親に抗弁し、

「兼吉さんは一度くらい顔を見せないのかね」

とおきんの亭主のことに触れた。

「おっ母さん、兼吉は仕事が忙しいの」

おきんが言ったが、おそめはすでに兼吉が平井浜に顔出しできない理由があることを漠然と察していた。

母親は、平井浜から深川の味噌・油屋問屋に奉公に出て、どこでどう知り合ったかしらないが、柿葺き職人の兼吉とくっつき、幼馴染みの勇を捨てたのだ。

その後、勇が網漁の最中に死んだことを、男たちの会話からおそめは察していた。

「勇はよ、おきんに殺されたようなもんだ」

という言葉も耳にしていた。そんなおきんが二人目の子を産むのに平井浜に戻ってきた。勇は網元の遠い縁戚にあたることもあり、平井浜でのおきんの評判は悪かった。

おそめは平井浜に来て知った母親の行状（ぎょうじょう）を知らぬふりして、お産のときを待っていた。

おきんが妹か弟を産んだとき、おきんとおそめ、そして、赤子の三人は深川六間堀町の唐傘長屋に帰らねばならなかった。

その日が段々と近付いていた。

おそめが八枚目の絵を描いているとき、松造が網元のお婆、産婆のお婆を呼びにきた。

「お婆様、破水が始まったそうだ」

「まだ二、三日あとと思ったがね」

と言いながら網元のお婆が産婆の仕度をするために隣り部屋に入った。

「おそめ、その絵はおまえが描いたのか」

と叔父の松造が尋ねた。

「おばば様が手をいれた絵だ」

とおそめは咄嗟(とっさ)に虚言を弄(ろう)した。

「ふーん」

と返事をした松造が、

「おそめ、おめえ、平井浜に残りたいんじゃねえか」

と聞いた。が、おそめはその問いに答えず無言を通した。

「おそめ、おめえのおっ母は平井浜に住めねえよ。だがな、おめえはうちに残ってもいいんだよ。ここにはおめえといっしょくらいの子供がたくさんいて遊び相手もいらあ」

「お父っつぁんもおっ母さんもきっとゆるさないよ」

「だろうな。おれが、やや子とおっ母さんを深川まで送っていくからよ、おめえは、なんぞわけを作ってよ、しばらくうちに残っていねえ。兼吉は金輪際、平井浜に顔出ししないからよ」

と松造が言ったとき、産婆と代わった網元のお婆様が姿を見せると、

「おそめ、しばらくうちに残って絵を描いていていいよ」

と言い残し、お産に必要な道具を風呂敷に包んで松造に持たせて網小屋に向かった。

おそめはしばらく筆を止めていたが、網元のお婆の離れ屋から見える萱原が風に揺れる光景の続きを描き始めた。そして、松造のいうように平井浜に一人だけ残って暮らすことができるだろうかと、考えた。

唐傘長屋に戻れば父親の兼吉の酔っ払った姿を毎日のように見て過ごすことになる。この平井浜に居れば、男たちが未明から漁をして働く姿や子供たちが浜で泳いだり砂遊びをしたりするのを見ながら、網元のお婆のもとで絵を描く暮らしを続けることができるのだ。

(そんなことができるだろうか)

おそめは絵筆を止めて物思いにふけった。

(できないな)

母親も父親も平井浜に残るなんて許さないことをおそめは悟っていた。

その夜、おそめは網元の屋敷で一晩を過ごすことになった。網元の家には網元

の壱之助の子供たちが何人もいて、賑やかだった。

子供たち六人で大きな座敷にいっしょに寝かされた。

「おい、おそめ」

と呼ぶ声におそめは目覚めて、

（ここはどこだろう）

と一瞬考えた末に網元の屋敷だと気付いた。

「おきんが子を産んだぞ」

弥兵衛の声が耳元でした。

「じいちゃん、生まれたの」

「ああ、おめえの妹だ」

弥兵衛はこの未明、漁に出なかったらしい。

「おとうとじゃないの」

「女だ」

おそめは弥兵衛に連れられて急ぎ網小屋に戻った。すると板の間に網元の婆様が疲れきった顔でいた。

「ありがとう、お婆様」

おそめの礼の言葉を婆様は驚きの顔で見て、

「おそめをこの手で取り上げたかったよ」

と洩らした。頷いたおそめは、

「お婆様、いもうとの顔を見てきていい」

「ああ、いいよ」

と言いながら婆様が立ち上がった。弥兵衛が、

「ご苦労でしたな、お婆様。わしが道具をもっていこう」

と風呂敷包みを下げた。

「おきんの子で何人目だ」

「二十七人だね、おそめがここで生まれたとすれば二十八人だがね」

と残念げに洩らしたお婆と弥兵衛が網元の屋敷に向かった。

板の間と六畳間を仕切る破れ障子をあけると、畳んだ夜具に上体を寄り掛からせたおきんと妹の赤子がいた。そして、おくめが萱原から射し込む朝の光のなかで、産湯を使わせたたらいなどの片付けをしていた。

「おっ母さん、いもうとだったの」

「ああ、おまえといっしょ、女だったよ」

「男がよかったの」

「男ならば働いてくれるからね」

とおきんが言った。

おきんの髪は乱れ、疲れ切っていた。

おそめは生まれたばかりの妹の頰を指先で触った。

「おそめ、汚れた手で触らないの」

「おっ母さん、夕べ網元さんの屋敷で湯に入り、きれいだよ」

「なに、おまえは網元屋敷に泊まったか」

おきんが驚きの顔でおそめを見た。

「いけなかったの」

おそめの問いに黙っていたおきんが、

「おそめ、おっ母さんが動けるようになったら、六間堀の唐傘長屋に戻るよ」

と言った。

「いつ」

「二日もすればなんとかなるよ」

「熱い陽射しの中を歩いて帰ることになるよ」

松造がおきんと赤子を舟で送っていくと言ったことを母親には告げなかった。

「致し方ないよ」

と投げやりに言ったおきんが、

「おそめ、この平井浜で見聞きしたことは唐傘長屋で話してはならねえ」

と険しい顔で言った。

「見聞きしたことって、なあに」

おきんは赤子を抱きながらおそめを睨んだ。

「見たり聞いたりしたことがなければそれでいい」

「じいちゃんか、松造おじさんが舟で送ってくれるかもしれないね」

「あいつらがそんなことやるわけないよ」

と言ったおきんにおそめは両眼を瞑った。

「網元さんの家に忘れもんした」

と不意に言ったおそめは、おきんからなにか言われる前に部屋を飛び出していた。

網元屋敷の離れ屋に朝湯でも浴びた感じの婆様がいた。

「いもうとを見たね」

「愛らしい赤ちゃんだった。名はなんていうの」

「おきんの亭主が付けるそうだ」

とどことなく不満げに洩らした婆様が、

「亭主の兼吉がつけたにしては、そめという名は悪くないよ」

「だれがつけたか知らない」

「まあ、深川辺りの裏店暮らしじゃそうだろうね」

と言った網元のお婆が、

「おそめ、そなたが平井浜に居る間に描いた絵が十枚ばかりあるよ。いいかえ、この絵がそめ、そなたの行末を決めるような気がするよ。深川に戻ってなにか迷うことがあったら、この平井浜に戻っておいで」

と絵をおそめに渡してくれた。


その夜のことだ。

赤子に乳を飲ませたおきんが、

「おそめ、なにを見ているんだえ」

と十枚の絵を飽くことなく見るおそめを咎めるように言った。

〈ひと夏はそめの胸に秘めておこう〉

と思った。

第三話　不思議井戸

一

京橋川の下流、白魚橋の東の川筋を八丁堀と称した。川の名ではあるが北岸に本八丁堀町、南岸に南八丁堀町があって、八丁堀はこの界隈の総称でもあった。古くは寺町であったが、寛永(かんえい)年間（一六二四〜四四）以降の八丁堀は江戸の治安を任じる与力・同心の居住する、特異な町として知られることになる。与力ならば、敷地三、四百坪の冠木(かぶき)門の屋敷、同心でも二百坪程度の広さを有していた。一方で罪人咎人を扱うゆえ、不浄役人と蔑(さげす)まれていた。

八丁堀七不思議は、八丁堀の特殊性を表していた。その一は、

「奥様あって殿様なし」

というもので、御目見以下の与力は旦那と呼ばれた。が、その女房は御新造とは呼ばれず、なぜか奥様と称された。

正月になると火消しが与力屋敷に年賀にくるが、継裃姿の旦那の与力は式台で挨拶を受け、火消しの頭が土下座して年頭の祝意をする威風が演じられた。さような儀礼は別にして金品の受け渡しは「奥様」が携わった。長年の習わしだ。

笹塚孫一は物心ついたとき、八丁堀の特殊性をおぼろに悟った。

与力・同心の嫡子は世襲の職を継ぐために七、八歳にて読み書きができ、十歳を超えると武術の道場に入門して稽古に励んだ。

孫一は同年齢の朋輩より背丈が低く、その代わり大きな頭であることに劣等感を覚えていた。だが、同時に孫一は朋輩より物事の道理やら大人が考えることを先読みできる才があることを承知していた。

八丁堀の与力・同心の屋敷には頼みごとの町人らが訪ねてきたが、なぜか笹塚家にはそれらの者は寄り付こうとはしなかった。

父親の中右衛門は冠木門のなかにそのような頼みごとの町人やときに武家方の用人などが立ち入ることを禁じていた。ために同輩の与力の屋敷より笹塚家の、

「食いものは貧しい」

と小者がぼやくのを聞くのは再三のことだった。

「若様、早く職について、私らにまともなめしを食わせてくださいまし」

と冗談とも真剣ともつかぬ表情で願われたが、

「父上が職を辞するには十五、六年はあるぞ」

と答えるに留めていた。孫一は嫡子の自分がゆくゆくは町奉行所の与力を継ぐことを覚悟していた。ために貧弱な体と大頭で、与力として務めを果たすためになにをなすべきか、すでに六、七歳のころから考え始めていた。

仲間は読み書きや武術の稽古に励んでいたが、孫一は日本橋界隈のお店や職人の仕事を見守り、金子がどう動き、職人の暮らしがどのようなものかを観察することに傾注した。

母親の末女は孫一に、

「そなた、八丁堀の外ばかりに目を向けておらず、朋輩衆といっしょに武術の鍛錬に励みなされ」

といつも小言を言った。だが、中右衛門は嫡子の孫一の異能がどう華を咲かせるか黙って見守っていた。

孫一は十歳になるころには、商いがどのようなものか、情報が集まるのは床屋、湯屋であり、駕籠(かご)かき、船頭、髪結いなどが物知りだと承知していた。それらの者たちとつながりをもち、闇(やみ)の情報を密かに入手していた。

「八丁堀の笹塚の旦那の跡継ぎは当代同様に変わり者だ」

とそんな評判をとっていた。

孫一はそんな日々を過ごしながら、八丁堀の与力・同心らの嫡子や次男などにも目を向けて、ゆくゆく手を組める者はだれか冷静に観察していた。そんな中からこれはと思う者を選んで話しかけ、孫一の顔や体付きで判断するような者は付き合いから外した。そんな中で六人が孫一の特異な才を評価して付き合いを重ねるようになった。

八丁堀七不思議の二は、

「金で首が継げる」

というもので、八丁堀の与力・同心の特権を意味していた。どこの屋敷でも頼みごとにきた。それは道端に置かれた品物の注意を受けた小商人から、お触れを超えた金利を請求して町名主から呼び出しを受けた金貸しまで、願い事をしてなにがしかの金子をそっと置いて帰っていった。

だが、笹塚家では全くその余得に与(あずか)ったことはない。母親の末女は、

「どこの屋敷でも盆暮れに金品が届くのに、うちはどうして届かないのだろうね」

と旦那の中右衛門に文句をたらたらとつけた。だが、中右衛門は平然としたものであった。

孫一も格別そのことに不満はなかった。一方孫一の頭の冴えが、

「ただ者ではない」

ことを漠然と察した中右衛門は末女に、

「孫一はわしの跡を継いだのち、南町を変えるほどの才覚の筆頭与力になるか、商人から盆暮れの小銭を受け取って満足し、凡々たる一役人として生涯を終えるかどちらかじゃ。まあ、いまのところは黙ってみていよ」

と時折り言っていた。末女は、

「おまえ様のあとを継いでも貧乏与力に変わりはなさそうです。読み書きはそこそこ、剣術の稽古は一向に見向きもせず、同心衆を率いる出来のよい与力になるとは思えません。それよりおまえ様の跡継ぎにはなりましょうな」

と諦め顔で応じたものだ。

笹塚孫一が南町奉行所の見習与力の資格を得たのはとある年の夏、十七歳のときであった。

父親の中右衛門が小伝馬町の牢屋敷に査察に行き、その牢のなかで首を括(くく)り、自裁したからだ。

牢奉行所から密かに報告を受けた笹塚家では、孫一が仲間の見習七人衆の六人に手伝いを願い、目立たぬよう牢屋敷から八丁堀の屋敷に亡骸(なきがら)を移した。そして、病死として南町奉行井筒伊豆守重里(いづついずのかみしげさと)に届けを出した。

嫡男の孫一は謹厳実直な父親がなぜ自死、いや、殺されなければならなかったか、直ぐに真相を察した。新任の井筒奉行の内与力の一人今朝貫右門(けさぬきうもん)とうまくいっていないことは、八丁堀ですでに噂になっていた。

内与力は代々世襲の奉行所与力と異なり、奉行の家臣四人ほどを連れてくることが許されていた。

その折り、表向与力二十五騎のうち四人を減じ、奉行の家臣を与力の列に出座させた。その禄高(ろくだか)は、表向与力がほぼ二百石に対し、内与力は四倍の八百石であった。

主の井筒重里は長崎奉行に奉職せんと幕閣のあちらこちらに金品を贈りつける

直参旗本として知られ、江戸町奉行に補職された折り、

「江戸町奉行ではこれまで使った賂は取り返せぬ」

と家臣に不満を洩らした人物とか。

長崎奉行を務め上げれば、二代や三代は食いっぱぐれがないのは常識だった。到来物を受け取る特権を長崎奉行は有していて、それらの品を京などで売って大金を得ることができたからだ。

この主井筒重里に従ってきた家臣四人は忠臣ばかりであった。そのなかでも狡猾な気性の今朝貫右門が内与力筆頭方を勤めた。

井筒奉行の意を受けて、江戸の大店に出向かせて南町奉行就任の挨拶代役を為さしめた。そこで南町奉行就任の祝金を暗黙裡に強制し、就任三月で二千両を超えたと八丁堀で噂されていた。

一方、笹塚中右衛門は、謹厳実直のみならず公平無私の、つまりは融通の利かぬ南町与力として知られていた。ゆえに井筒が町奉行に補職された折り、真っ先に表向市中取締諸色方与力から外されたのだ。

病死を井筒奉行のもとへ届けたのは嫡男の孫一自身だ。奉行に代わり、相手を為したのは内与力筆頭の今朝貫右門であった。

「なに、父親が病死したというか」

と問い質す顔を見ても、牢奉行屋敷の牢のなかで自裁したことをすでに承知しているると孫一は思った。いや、この者の手で父は殺されたに等しいと孫一は確信した。

「いかにもさよう」

「承知した」

と今朝貫が言い、

「病死届けの他になんぞ携えてきたか」

と孫一に問うた。

十七歳になっても孫一は、背丈は低く、反対に大頭で体の均衡がとれていなかった。ゆえに八丁堀の仲間は、

「大頭」

と呼んだが当人は平然としていた。この大頭が南町奉行所で力を発揮し始めるのは十数年後のことだ。

今朝貫は貧弱な体と大頭の孫一を笹塚家の継嗣としては扱わず、小間使いの如く病死届けを受け取る代償を要求した。

「届書きのほかになにか入り用でございますか」

呆け顔の孫一は今朝貫を見返した。

「そのほういくつに相成る」

「十六、いえ、十七歳でござる」

「十七なれば世間の道理は承知していよう。上役にものを頼む折りは当然それなりの礼金を要する、さようなことも知らぬか」

孫一は商人や職人観察をいったん打ち切り、十三、四の折りから賭場に出入りして人間のあからさまの欲望と欺瞞の表情を観察してきた。

賭場の連中は孫一の父親が南町奉行所の与力であることを承知して出入りを許し、

「大頭の若様よ、コマ札を貸してもいいぜ」

と十数枚ほどの木札を孫一の前に置くこともしばしばであった。

「おれを博奕づけにしたところで、親父の堅物は変わらないし、なんの役にも立たぬ。おりゃ、おまえらの顔色を読みに鉄火場に出入りしているんだ。おれにかまうな」

「親父に言い付けねえよな」

「親父とおれはちがう、案ずるな。おめえら程度のしょうべん博奕を親父にいいつけるものか」

一年後、孫一は江戸の小博奕の鉄火場や、何百金が一度に動く賭場へ出入り勝手な与力の倅の大頭として知られていた。かようなことを孫一は決して奉行所に知られぬように注意してきた。

今朝貫は孫一が見せた呆け顔を蔑むように睨んだ。

「そのほうが与力を継ぎたければ金子を持参せよ」

内与力がはっきりと賂を要求した。

「今朝貫様、うちの親父は八丁堀一融通の利かぬ与力でございました。そのことをそなた様がいちばん承知でございましょう」

「倅はそうではないか」

「親父と違った生き方をするしか手はございますまい。ですが、ただ今のうちには弔い代すらありません。賂を持参しようにもありませんでな」

十七歳の孫一が今や南町奉行所を動かす「四与力」の筆頭今朝貫右門に平然と言い返した。

「だれが賂と言った」

「おや、要求された金子は賂とは違いますので。内与力どの、八丁堀の与力は世襲が決まり、だれも金品など払いません」

「ならば、そのほう、親父のあとを継ぐのを諦めよ」

と断言した今朝貫が、

「そのほうの親父が病死じゃと申したな。それがしの調べでは首を括ったのであろうが、それも小伝馬町の牢屋敷の牢でな」

と余計なことを言い足した。

「よくご存じで」

小伝馬町の牢屋敷から深夜父親の亡骸を密かに八丁堀に移したのは孫一自らと六人の仲間だった。そして、牢屋敷視察を命じたのが眼前の人物と承知していた。

「南町の与力二十五騎を動かすのはわれら内与力四人である。五十両用意いたせ、その折りはこの届けを奉行にお出しする」

「相分かりましてございます」

と孫一が立ち上がり、

「今晩通夜です。南町奉行井筒様は参られますな」

「井筒奉行は城中にて大事な御用があるゆえ出られぬ、それがしが名代じゃ」

「うちの通夜は香典と称する金品を一切受け付けませぬ、親父の遺言書きに認めてございましたでな」

「なにっ、中右衛門は遺言書きを残しおったか」

「事細かに」

孫一の言葉に今朝貫が沈思した。

「失礼いたす」

「待て、そのほうの名はなんと申したか」

「孫一、笹塚孫一にござる」

「孫一、中右衛門の遺言書きを読んだ者はだれかおるか」

「それがし一人」

孫一は虚言を弄した。

「その遺言書きをそれがしに渡せ、ならばそのほうの世襲、お奉行にお頼みいたす」

「ほう、親父の遺言書きが五十両になりますか。不器用な親父は、身罷ってようやく五十両分稼ぎますか、よろしい」

十七歳が平然と内与力筆頭今朝貫右門の申し出を受けた。

「内与力どの、うちの菩提寺を承知かな」

「わが殿がお奉行に補職されて三月にしかならぬ。そのほうの菩提寺がどこかなど知る由もないわ」

「八丁堀の七不思議をご存じございますまいな。その一つが『寺はあっても墓はなし』というものでございましてな、いまや八丁堀には寺もございません。うちの菩提寺は霊岸島新堀慶光院にございますよ。寺の片隅にわが笹塚家の墓所がございます、迷われるようならば墓所のなかに屋根付きの不思議井戸がございましてな」

「なに、屋根付きの不思議井戸じゃと」

「はい。慶光院が出来た折り、井戸を掘ったところ水は出てきましたがな、これが潮水でございまして、満潮干潮の折りには水面が上がり下がりします。立派な石造りの井戸ですが使えませぬ。ゆえにこちらは霊岸島の不思議井戸でございまして、この井戸の水面に向かって願いごとを叫べば叶うという言い伝えがございます。わが笹塚家の墓所はこの不思議井戸の傍ら、丸い石がただごろりと転がる墓でございます。月夜とて屋根付きの不思議井戸がありますゆえ、直ぐに墓は見付かります。通夜のあと、そちらでお待ちします。頃合いは深夜九つ半（午前一時）時分と考えてくだされ」

「分かった。そのほう一人であろうな」

「そちらも一人で願おう。約定を違えた場合は、親父の遺言書き、目付に届け申す、よいな」

直参旗本が務める町奉行職は老中支配下だ。だが、奉行の所業に関して神経を尖らせるのは目付職だ。それにしても石部金吉の笹塚中右衛門の倅は、形は小さいが大胆不敵の大頭だ、目付の職名を出して脅したのだ。

内与力を怖い存在と知ってか知らでか、十七歳の孫一は今朝貫右門の返答も聞かず南町奉行所内与力部屋をさっさと出ていった。

その折り、与力や同心の屯する御用部屋の前を素通りしたが、数人の若い与力・同心に目顔で合図を送った。

一方、今朝貫右門は内与力部屋に三人の朋輩を呼んだ。

とはいえ、笹塚孫一との問答を説明する要はなかった。なぜならば襖の向こうの控え部屋に三人を潜ませて話を聞かせていたからだ。

「今朝貫どの、あやつ、大人ぶっておりますが、世間を知らん餓鬼ですぞ。町奉行所の与力がいくら世襲とは申せ、当代の奉行の裁可がなければ、あやつが見習の二文字を外すことすらできぬ。さようなことに考えが至っておりません」

と最初に発言したのは、伊賀上太郎吉だった。

四人のなかで年長者だが、鈍重な考えの持ち主だ。それだけに町奉行職に就いた主には絶対の忠誠の持ち主だ。

今朝貫は伊賀上の隣に腕組みして思案する横田義兵衛を見た。

「それがしも伊賀上どのの考えに賛同いたします。十七といえば生意気盛り、すでに世間を承知している積もり、大きな考え違いをしているようですな。この際です、与力同心どもの見せしめのためにもあやつを与力にすることなど放っておかれるが宜しいかと存ずる」

横田義兵衛は四人のなかでいちばん若く二十八歳だ。

今朝貫は最後に残った物部磯松を促すように視線を移した。

「今朝貫どの、笹塚中右衛門が遺言書きなど残しておると思われますか。おてまえ、昨日、笹塚中右衛門に牢屋敷を訪ねるよう奉行の命として伝えましたな、その足で小伝馬町を訪ねたはず。遺言書きを残す時間の余裕などございますまい。一方で慎重居士の笹塚中右衛門はふだんから備忘録を克明に認めておるそうな。その遺言書き、あるいは備忘録の内容にわれらに対して差し障りはないとはいいきれませぬぞ」

「物部どの、十七歳の浅知恵を信じなさるか、また備忘録があったとして、なんら差し支えなかろう。今朝貫どのに今晩の通夜のあと、渡すと申しておるのですからな、なんら恐れはござらぬ」

「伊賀上どの、あやつをそう侮ってもならぬ」

と物部が言った。

「どういうことか」

と伊賀上が反問した。

「親父の笹塚中右衛門がわれらの問いに知らぬ存ぜぬを押し通そうとした折り、自裁してしもうたな」

「物部、そのことを御用部屋で口にするでない」

と今朝貫が険しい顔で注意した。

無言で頷いた物部が、

「笹塚孫一、八丁堀界隈で一匹狼と呼べばいささか物々しいが、あやつ、与力同心の倅の見習どもと密かにつるんでおるという噂もある。その頭分があの大頭じゃそうな。奉行は数年おきに交代いたす、その折り、われらも四谷御門外の屋敷に戻らねばならぬ。反対に南の二十五騎の与力、百二十余人の同心どもはほぼ世襲、ゆえにその絆はわれらが考える以上に強いと思うていたほうがよい。その証に、われらに知られず牢屋敷から八丁堀の笹塚家に、だれがどうやって笹塚中右衛門の亡骸を運んだと考えますな」

物部の指摘に、重苦しい沈黙が内与力御用部屋を支配した。

長い沈黙のあと、今朝貫が言い出した。

二

昨日のことだ。

南町奉行所無役与力笹塚中右衛門は、内与力今朝貫右門に内与力部屋に呼び出され、小伝馬町の牢屋敷の臨時視察を命じられた。

無役与力とは臨時出役ゆえふだんは無役である。

本来中右衛門は、市中取締諸色掛与力八人のなかで最古参であった。町奉行所与力・同心にとってたとえ一月であれ補職の歳月が古ければ、その関わりは絶対的だ。まして八人中最古参となれば、その権限は大きい。だが、中右衛門はそのことで傍若無人に「権限」を振るうことはなかった。そのような中右衛門は、内与力四人組に表向与力の本職を奪われたのだ。

市中取締諸色掛は、内役と呼ばれ日々奉行所に出勤した。奉行所の内役でも吟味方与力十人とならんで花形の役職だ。中右衛門は八人の与力のなかでも老練の上に人柄もあり、

「南町の市中取締諸色掛に笹塚中右衛門様なくば、江戸の商いが滞る。公儀と町屋を結ぶ生き字引」

と商人の間ですこぶる評判であった。それが無役の与力に落とされたのだ。南北町奉行所では、

「笹塚中右衛門どのは新任の奉行、いやさ、内与力四人組に狙われたな」

「いかにもさよう、生き字引の笹塚どのは公平無私のお方ゆえ、井筒奉行は嫌われたということであろう。内与力四人組が市中取締諸色掛から古参の笹塚どのを外したということは、井筒奉行が都合よきように振舞うということよ」

と密かに言い合った。

新任の奉行に関して、南北ともに半年ほどはその指導力を計るために配下の与力・同心も黙って見守るのが暗黙の了解事項であった。だが、江戸の商いに直結

する市中取締諸色掛から最古参の笹塚中右衛門をいきなり外したと聞いた南町の面々は、

「いきなり井筒奉行は銭函に手を突っ込まれたぞ」

と驚きを隠しきれないでいた。

そのような最中、笹塚中右衛門への臨時の命であった。


「今朝貫様、それがしに元の役目に戻れと仰せでございますか」

「そうではない。牢屋敷にて不穏なことが起こったゆえ、急ぎ手を貸してくれと牢奉行石出帯刀より願うてきた。ゆえにその方に命じる」

「牢屋敷の役職なれば与力村松三左衛門どのが勤めておられます。村松どのに願われるのが筋かと存ずる」

牢屋敷見廻り与力一人同心二人で、罪咎を犯した者を見張る牢奉行石出帯刀の処置を監督する地味な役職であった。

「村松与力なれば浅草溜に見廻りに出ておる。ゆえにそのほうに命じる」

と今朝貫が言った。

「もはやご存じのとおり、それがしは長年市中取締諸色掛を勤めて参りましたゆえ、牢屋敷について詳しくはございませぬ」

「そのほうしか動ける者がおらぬゆえ命じておる。それがしの申すことが聞けぬとあらば、お奉行直に命を下してもらうか」

「それはまた恐縮至極」

　と応じた中右衛門が、

「この際でございます。内与力どのにお伺いしたき儀がございます」

「なんじゃ、短く申せ」

「それがしが長年勤めた市中取締諸色掛にて付き合いがありし商人から、新たなる諸色掛の要求はいささか険しく、かようなご時世でこれまで決まっていた以上の強制では商いが成り立たず、店仕舞をすることになるとの懇願が数多寄せられておりまする。今朝貫様、公儀と町屋は、いえ、商人はお互いが折り合えるところで折り合うていくのがこれまでの習わしにございました」

　今朝貫の顔色が変わった。

「そのほう、免職した職務を未だ勤めておるか。そのほうを除く市中取締諸色掛の七人の与力とわれら内与力が協力し合い、手ぬるいやり方を改めておるところ、さように差し出がましい口を利くならば南町奉行所を免じられることを覚悟せよ」

しばし笹塚中右衛門は間を置いた。

「致し方ございませぬ」

「どういうことか」

「小伝馬町に参ります」

「しかと命を聞くな」

「二言はございませぬ」

数寄屋橋(すきやばし)を渡った堀端の西紺屋町から比丘尼橋(びくにばし)へと向かった。むろん笹塚中右衛門に尾行がついていた。

内与力四人組に従って南町に出向してきた井筒家の小者文吉(ぶんきち)だ。井筒家の所領地相模三崎の浜で漁師をしていたという文吉は、六尺二寸二十五貫余の大男で、草相撲(くさずもう)で大関を張った力自慢を認められて江戸の井筒屋敷に小者として奉公するようになった乱暴者だ。そして、ただ今では南町奉行所の内与力四人組の配下として雑事をこなしていた。文吉にとって町奉行の名のもとで行なう無法はすべて「奉行所の御用」と変わり、世間にかような楽にして金子になる仕事があるなどこれまで思いもつかなかった。

一方、元市中取締諸色掛の笹塚中右衛門ほど、江戸の店を訪ねて諸色の値上がりや品不足がいかなる理由により起こったなど、実際にわが眼で確かめて調べる役人は南町にもいなかった。それだけに江戸市中は手にとるようにそらんじていた。

そんな中右衛門にあちらこちらから声が掛かった。

「笹塚の旦那、渋茶を飲んでいってくださいよ」

「うちではなんの接待もいたしません。だから、顔を見せてくださいな」

と番頭や女衆が次から次へと声をかけた。

「相すまぬな、それがし、いささか用事でな、小伝馬町の牢屋敷まで行かねばならぬ。無役ゆえ暇はある。この次に必ず立ち寄らせてもらおう」

などと答えながら一石橋の前で下城の大名家の行列を避けて立ち止まった。江戸でもいちばん繁華な界隈を知らぬ小者の文吉が一瞬目を離した隙に、笹塚中右衛門の姿は掻き消えていた。

小伝馬町の牢屋敷に笹塚中右衛門が姿を見せたのは、七つ（午後四時）の刻限であった。出迎えたのは牢奉行の石出帯刀自らだ。

笹塚と石出はお互い代々の勤めゆえ知らぬ間柄ではない。だが、職務上の付き合いはなかった。

「石出どの、なんぞ火急に査察する事態が生じたそうな」

「は、はい」

石出の返答は曖昧で、表情も訝しく思えた。

「どのようなことかな、畑違いであったわしに分かることであろうか。村松どのは浅草溜を訪ねられておられるゆえ、無役のわしにこの臨時の役目が回ってまいったのだ」

石出帯刀が気の毒そうな顔で中右衛門を見た。

牢奉行という役職、石出家の世襲の上に町奉行支配下にあって、町奉行所与力よりも「位階」は低いと見られていた。まして中右衛門は南町でも古参与力だ。

「それが」

と応じた石出が言葉に窮した。

「どうなされたな」

「われら、牢屋敷に笹塚様が参られる曰くをよう承知しておりませぬ。つい最前知らされたばかりにござってな」

「なに、火急の要の査察など心当たりないというか」

はい、と頷いた石出帯刀が小声で、

「井筒奉行様支配下内与力今朝貫様より直に言葉ありて、『笹塚中右衛門を牢屋敷に査察に赴かせるゆえ空牢に通せ』との命にございました」

と中右衛門の顔を見ずに言った。

「なに、わしを空牢に通せとな」

と答えながら中右衛門は、

（新任奉行の眼障りなわしに詰め腹切らせる心算か）

と覚悟した。

空牢は、牢屋敷で問い詰め、つまりは拷問に使われる蔵の如き壁の厚い部屋であった。

しばし瞑目した中右衛門が両眼を見開くと、

「相分かった。迷惑をかけるのう」

「そのようなことは」

と言いかけた石出帯刀に、

「一つ頼まれてくれぬか」

「なんでございましょう」

石出帯刀の顔に困惑があった。

「もし、わしがこちらの空牢にて身罷った場合、南町奉行所に知らせる前に倅の見習与力笹塚孫一に密かに告げてくれまいか。難しい注文かのう」

「さ、笹塚様が牢屋敷でお亡くなりになるようなことが起きますので」

と驚愕の表情で質した。

「奉行所で事が済む用事ではないと思うたほうがよかろう。わしを牢屋敷に呼び出さねばならぬとしたら、曰くがあると思わぬか」

「な、なんと」

石出帯刀は、笹塚様に心当たりがございますので、という問いを強引に胸の奥に封じ込めた。

「石出どの、わしの考え過ぎかもしれぬ、されど心当たりがないわけではない」

「他に方策は」

「ない、なかろう」

と応じた笹塚中右衛門は、

「倅の孫一に告げてくれれば、わしのことはこちらに迷惑をかけることなく処置されよう。石出帯刀どのにも迷惑はかかるまい」

と覚悟を決めたか、淡々とした口調で言い切った。

「笹塚様、相分かりました。必ず南町奉行所に知らせる前に、子息笹塚孫一様に万が一の出来事をお知らせいたします」

「面倒をかける」

石出帯刀が頷き、牢屋敷の小者の形を装った大男が牢奉行に代わって中右衛門の前に姿を見せ、

「笹塚中右衛門様、こちらへ」

と外鞘（そとざや）の奥へと連れ込んでいった。

石出帯刀が生きている笹塚中右衛門を見たのはそれが最後であった。

牢屋敷の小者は、一石橋近くで中右衛門にまかれた文吉だった。

中右衛門は、嫡子孫一の異能を承知していた。生まれたときから貧弱な体つきだった。それは年齢を重ねても変わらなかった。背丈は朋輩に比べても小さく、頭は異常に大きく、八丁堀では「大頭」で通っていた。

大頭には知恵が詰まっていることを中右衛門は、その後の孫一の言動で確信していた。

孫一が南北両町奉行所を問わず、

「これぞ」

と思う見習与力や同心六人と密かに「見習七人衆」なる仲間を形成していることを承知していた。その頭分が「大頭」の笹塚孫一だ。

孫一を除く「見習七人衆」の六人が南北町奉行所のなかでも俊才にして武術もそれぞれが得意技を有していた。いずれ見習の二文字を外された折り、南北町奉行所の将来を背負って立つ人材と、中右衛門は思っていた。どの一人をとっても孫一より優秀と思えた。だが、「見習七人衆」の頭分は、外見が貧弱にして大頭の孫一なのだ。

武芸の一つも出来なかったが、胆力と知力は備わっていることを仲間の六人は認めていたのだ。

(わしには孫一がおる)

と思っただけで肚(はら)が据(す)わった。だが、心残りがあるとしたら、井筒奉行をわが手で免職に追い込めなかった一事だけだ。

外鞘の一角に鉄板で補強された幅の狭い扉があり、

「笹塚中右衛門、外に出よ」

と大男文吉が命じた。

背後を振り向いた中右衛門が、

「下郎、言葉遣いもしらぬか」

と蔑みの言葉を吐くと文吉の太い足が蹴りを入れて、中右衛門の体を外鞘の表の裏庭へと転がしていた。

「おのれが」

と立ち上がろうとする中右衛門を再び足蹴りが襲い、顔面を蹴られて意識が途絶した。

意識が快復したとき、中右衛門は腰の大小も十手も外されて首に太い麻縄をかけられて空牢の床に寝かされているのに気付いた。

「気が戻ったようじゃぞ、文吉」

「吊るしますかね、今朝貫の旦那」

「旦那ではない、内与力と呼べと幾たび申した」

「すまねえ、内与力の旦那」

文吉の言葉に舌打ちした今朝貫に、中右衛門の紫色に腫(は)れた顔が向けられた。

「用事は分かっておろうな」

「今朝貫右門、一向に存ぜぬな」

文吉が手にしていた麻縄の端で中右衛門の足を叩いた。

うっ、と呻いた中右衛門に今朝貫が、

「そなたが市中取締諸色掛の与力のころ、出入りしていた大店一軒一軒に聞き取りしたことは分かっておる。聞き取った話を書付にしたこともな」

「一向に存ぜぬな」

再び麻縄が中右衛門の腹部を叩いた。

「そのほうが文吉をまいてこの牢屋敷に姿を見せるまでに一刻（二時間）余の時がかかっておる。一石橋から小伝馬町まで四半刻とかかるまい。御用部屋から持ち出した書付をどこぞに、おそらくそのほうが出入りしていた店の一軒に預けたとみておる。それを渡してくれぬか、命だけは助けようではないか」

ふっふっふふ

と中右衛門が笑った。

「わしが動いたと同時に目付衆も動いたと思え。わしを殺さば目付が井筒重里を捕縛しような」

「抜かせ。調べの途中で目付に垂れ込むなど、愚直な笹塚中右衛門はせぬわ。しておれば、すでに目付からお奉行に声がかかっておる。そのほうが未だ隠し持っておるとみた」

中右衛門は後ろに縛られた両手首を動かそうとした。するとまた麻縄が飛んできた。

「南町奉行に補職してわずか三月、四十七店から奉行就任祝いを二千百三十七両もかき集めたとは、いささか急ぎ過ぎたな。今朝貫右門、もはやそのほうの主井筒伊豆守重里が直参旗本二千八百石に戻ることはない」

「おのれ、許せぬ。その書付を出せ」

と今朝貫が、笹塚中右衛門の口から初めて出た数字の数々に動揺を隠しきれずに喚いた。

「今朝貫の旦那、殺すかね」

「文吉、内与力と呼べ。こやつをつま先立ちに立たせよ」

と命じた。

文吉が片腕で中右衛門の襟首（えりくび）をつかむと、強引に立たせて首にかけた麻縄をぐいぐいと引っ張った。すると中右衛門の体がつま先立ちで立ち、上体が左右に揺れ動いた。

文吉が麻縄の先を丸柱の一本に括りつけると、

「青竹で責めればいちころに吐きますぜ」

と今朝貫の顔を見た。

中右衛門は両眼を閉ざすと荒い呼吸を二度三度と吐いた。

「やってみよ」

文吉が空牢の一隅にある責め道具から青竹と木刀を手にしてきた。

「木刀でな、肩口の骨を叩きわれば青竹より早い、今朝貫の旦那よ」

文吉が血に塗れた木刀を今朝貫に見せて言った。

「幾たびいうたら分かる。内与力と呼べ」

「旦那と内与力、どう違うだね」

二人は言い合った。

そのとき、中右衛門が最後の力を振り絞り、つま先立ちの足を虚空に浮かせて息を止めた。

文吉の巨体の陰で行なわれた自裁、いや、他殺に二人が気付いたとき、だらりと弛緩(しかん)した中右衛門はすでに死んでいた。

「手間が省けた」

と文吉がいい、

「いいか、牢奉行の石出帯刀に『罪人一人密かに始末せよ、牢奉行ならばその程度のことはできよう。この一件の報酬は後に届ける』と命じよ」

と今朝貫が命じて二人はばらばらに牢屋敷の空牢から出ていった。

しばらくして石出帯刀が手下の若い同心らを連れて姿を見せた。

「なんということが」

と呻いた石出が、一人の見習同心青木一馬に、

「八丁堀の見習与力笹塚孫一様の屋敷に急ぎ走れ」

「奉行、なんと申せばよいので」

「倅どのに、身罷られたとだけ告げよ」

と命じた石出が笹塚中右衛門の首の縄を斬り、空牢の土間に静かに寝かせた。

三

翌日の夕刻より霊岸島新堀で、南町八丁堀無役与力笹塚中右衛門の通夜が行なわれた。

「融通の利かない元市中取締諸色掛与力」

あるいは、

「謹厳実直、公平無私」

と評された中右衛門の通夜に南北町奉行所の与力・同心の他、江戸の名だたる商人や魚河岸、芝居町、吉原のお歴々が大勢姿を見せて、その人柄を惜しんだ。十七歳の喪主笹塚孫一はいつもの呆け顔を見せることなく、堂々とした態度で応対した。

この弔いで喪主の孫一は一切香典を受け取らなかった。

北町奉行も姿を見せたが、当の南町奉行井筒重里は配下の与力の通夜に来なかった。その代役に内与力筆頭の今朝貫右門の青い顔があった。黙したまま香典を差し出した。

「おお、内与力の今朝貫様でしたか。香典は無用と先ほど申し上げましたな、それよりは、病で倒れた父の顔を別れに見てくだされ」

と格別に胸の前に小さ刀が置かれ、白い布に隠された顔の布を剝いで見せた。

北町奉行にすらしなかった行いだ。

「そ、それは」

と今朝貫が視線をそらそうとした。

「遠慮なされますな」

と孫一が首に縄目の痕（あと）があるのを、さらに紫色に腫れあがった顔を指し示した。

その場のだれしもがこの光景の意図を悟った。中右衛門の死に内与力今朝貫右門が深く関わっていると察した。


小伝馬町の牢屋敷から見習の牢同心青木一馬が八丁堀の笹塚邸に駆け付けてきたのは昨日の宵、五つ（午後八時）前の刻限であった。青木は、牢奉行石出帯刀に命じられたとおり、

「笹塚中右衛門様が身罷られた」

とだけ孫一に伝えた。

「なに、父が牢屋敷で身罷ったというのですか」

と応じた孫一がしばし考えた末、笹塚家の小者の木助（きすけ）を呼び、

「北町奉行所の見習与力黒岩慎吾（くろいわしんご）ら六人衆に、この旨急ぎ伝えよ」

と小声で命じた。

一気に事が動き始めた。

孫一はなぜ父の中右衛門が牢屋敷にて身罷ったか、そのことをまず訝しく思った。父が新任奉行井筒重里の「内与力四人組」の行動を調べていることを漠然と知っていた。むろん「内与力四人組」の所業は井筒奉行の命を受けてのことだ。故に孫一は父が訪ねたと思われる出入りの大店へ伺い、父が訪ねてきた理由を質した。

「笹塚の若様、こればかりはいくら嫡子のそなた様にも伝えられません」

　と室町の油問屋島津屋の大番頭が返事をして、しばし間をおいて、

「若様、一つ言えることがございます。わたしども商人は父上の笹塚中右衛門様を全面的に信頼し、ある一件について証言したという事実です」

　と言い足した。

明敏な大頭が推量するには十分な返答だった。

孫一は父の元に「内与力四人組」の金銭の強制が激しく、商いが成り立たぬという内々での懇願が寄せられていることを承知していた。

中右衛門は数多の事例を承知していたゆえに、町奉行所の評判が悪くなり、目付町方掛に不審を抱かれることを考えて、内与力今朝貫右門に忠言したのではないか。だが、その場では、

「聞き置く」

との返事で内与力部屋を去るように命じられたと思えた。その直後に牢屋敷で身罷ったというのだ。

孫一は引き留めていた牢屋見習同心青木一馬に、

「父は牢屋敷のどこでどのように身罷ったのですか」

と尋ねた。すると青木は、

「それがしの知ることは、空牢で首を吊って身罷られたとの一事だけです」

「なに、問い詰めが行なわれる空牢で父が首を吊ったのですか」

孫一の険しい問いに慌てた青木が、

「笹塚どの、牢奉行以下牢屋敷の者は決してだれ一人としてこの件に関わりなどもっておりませぬ」

と言い訳した。

「ということは何者か、牢屋敷の関わりとは外の者が牢屋敷の空牢を利用して父を殺めた」

「それがしはなにも存じませぬ」

青木が答えるところに北町奉行所の見習与力黒岩慎吾らが駆け付けてきた。

黒岩は二十歳前の見習与力ながら鹿島神道流の免許持ちだ。すでに捕物に出て、押込み強盗三人を叩き斬った武勇の若武者としても知られていた。

孫一は、すでに牢屋敷に戻した青木から聞かされた事実を告げた。すると話を聞いた南町奉行所の見習同心一ノ瀬八五郎が、

「本日、笹塚様が内与力御用部屋の今朝貫様に呼ばれたそうじゃぞ」

と孫一が推測していた考えを告げた。

「用件はなんだ」

「笹塚様はその足でどこぞに出かけられたそうな。あくまで御用部屋の噂じゃが、その場で笹塚様は、とあることを今朝貫様に忠言された」

（やはり）

と孫一は思った。

しばし沈黙が続いた。

井筒重里が南町奉行に就いた直後から就任祝いの金集めが始まった。その企ての一環として、古参与力の市中取締諸色方の中右衛門は無役に落とされた。

「大頭、そなたの父上は『内与力四組』に始末されたぞ」

と黒岩が言い、

「まずわれらがただ今なすことは、父御の亡骸を密かに牢屋敷から八丁堀のこの屋敷まで運んでくることじゃ」

「ああ、それが最初になすことだ。最前の牢屋敷同心青木に願おう」

見習七人衆は与力・同心の子弟だ、それも孫一がこれはと思った面々だ。

即座に船宿から屋根船を借り出し、竜閑川から下って牢屋敷の真裏に止めさせた。そこで七人衆は中右衛門の亡骸を牢屋敷から密かに屋根船に運び込む組と、牢屋敷の内部で中右衛門が空牢に連れ込まれ、死に至った経緯を調べる組に分かれた。見習とはいえ将来を嘱望された面々だ、たちまち真相の一部がはっきりとした。

帰路の屋根船のなか、

「父は内与力今朝貫らに忠言したことで始末されたのだ」

「大頭、体裁は自裁じゃが、あやつらが笹塚様を殺したことは明白じゃ。この件、どう始末いたす」

と南町見習与力室田新太郎が質し、

「父の死を無駄にしてはならぬ」

と孫一が静かな声音で即答した。

「大頭、父御が今朝貫内与力に忠言したことは至極当然、確かな証があってのことであろう。じゃが、ほんとうに確たる証があってのことであろうか」

「父は融通の利かぬといわれるほど愚直な役人よ。気にかかることは必ず備忘録に認めておられることをおれは承知だ。備忘録さえあれば、内与力四人組どころか井筒奉行を免職に追い込めよう」

と孫一が言い切り、

「父の備忘録はそれがしが必ず探し出す」

と言い添えた。

南町奉行所を出た中右衛門がどちらに立ち寄ったか、それを知る要があると孫一は思った。

「よし、この一件、南とか北とか言うておれぬ。町奉行所の信頼がかかっておる。それに大頭の父御の仇を討たねばわれら『見習七人衆』の沽券にかかわる。早急に今晩からの手順を考えねばなるまい」

笹塚孫一の腹心黒岩慎吾が大頭の頭領を見た。

「おれは明日父の病死届けを南町奉行所に出す」

「となると大頭、そなたは見習の二文字がとれるか、われらの間で最初の与力になるか」

と北町奉行所の見習同心日比谷俊一郎が少し羨ましそうに洩らし、慌てて、

「すまぬ、喜ぶべき話ではなかったな」

と詫びた。

「日比谷、そう容易くはいくまいな」

船のなかで骸を囲んで見習七人衆の話し合いが続いた。

一夜明けて孫一は菩提寺の慶光院を訪ね、亡父が殺される前に訪ねた先が分かった。中右衛門は、墓所の前で先祖の霊に長いこと合掌していたことを納所坊主が見ていた。

死までを予測した中右衛門は先祖になにを願ったか、同時に父が大事な備忘録を嫡子の孫一に託すためにどこに隠したか、倅は推量することが出来た。

笹塚中右衛門の通夜は厳粛のなかにある緊張をはらんで行われ、夜半九つ（午前零時）過ぎには亡骸の傍らには嫡子の笹塚孫一だけが残った。だが、四半刻もせぬうちに七人衆のうち三人の黒岩、一ノ瀬、北町見習同心の日比谷俊一郎が戻ってきた。残りの北町奉行所見習与力北大路道之助、南町見習同心静岡薗八、南

町の見習与力室田新太郎は南町奉行所の数寄屋橋に潜んで内与力四人組の動きを見張っていた。

「あと半刻か」

と日比谷俊一郎が呟き、

「あやつら、必ずくるか」

「おお、己の首がかかっておるのだ、必ず大頭の前に姿を見せる」

と黒岩がはっきりと言い切った。

「だが、それもこれも中右衛門様が商人らから集めた証言録がなければどうにもなるまい、大頭」

と一ノ瀬八五郎が質した。

「八五郎、われらの頭領、大頭どのの才覚と知恵を信じよ」

と黒岩が応じたが、孫一は沈黙を続けたままだ。

「今宵の通夜の結末はどうなる」

日比谷俊一郎が自問した。

「大頭孫一の胸中にあり」

と黒岩が言い切った。

そのとき、慶光院に人の気配がして見習七人衆の一人静岡薗八が姿を見せて、

「大頭、内与力今朝貫右門が、小者の文吉を先導役にして一石橋を潜ったぞ。室田新太郎と北大路道之助は徒歩でつけておる。行き先は分かっておるのだ、見逃がすことはない」

と言った。

孫一が無言のまま父親の胸に置かれた小さ刀を摑むと己の腰に差した。その行いを黙って黒岩らが見ていた。

「笹塚孫一、そなたにはわれら仲間がおることを忘れるな」

黒岩はそういうと笹塚中右衛門の骸に合掌し、傍らの大刀を摑んで寺の本堂の戸口で孫一が大頭に陣笠を被るのを見た。

笹塚孫一は、本堂を出ると北側に広がる墓所に向かった。

薄蒼い月明かりが陣笠を被った子供のような孫一の姿を浮かび上がらせた。

笹塚家の丸墓の傍らにすでに墓穴が掘ってあった。

孫一は丸墓に瞑目し合掌した。その耳に慶光院の不思議井戸から水音が響いてきた。

江戸の内海に近い霊岸島に百年も前に掘られた井戸は、地中で内海とつながっ

ており、満ち潮引き潮で水面が上下した。

「一人で参ったな」

と今朝貫右門の声がした。

「そなたには大男が従っておろうな」

「いや、わし一人じゃ。ところで遺言書きか備忘録か知らぬが持参したな」

ある、と答えた孫一が続けた。

「父上を牢屋敷の空牢に呼び出し、殺害したのはそのほうと草相撲上がりの文吉じゃな」

「手にはかけぬ。そのほうの親父は勝手に死におった」

「ほう、どのようにして父上は自裁したというか」

孫一の自裁という言葉に安心したか、今朝貫が空牢のなかでの中右衛門の動きをこと細かに説明した。

見習七人衆が牢屋敷で石出帯刀らから聞き取ったこととほぼ一致していた。

「相分かった」

「ならば中右衛門の書付を渡せ」

「もっておらぬ」

「そのほう、それがしを謀りおったか」

「いや、父上がそれがしに渡そうと備忘録を隠されたのは不思議井戸でな」

と言った孫一が丸墓の後ろにある藁葺き屋根の不思議井戸に歩み寄った。

四尺七寸四方の石造りの井戸には厚板の蓋がしてあった。

孫一らは子供のころから慶光院の不思議井戸に魅せられて、親の忠言も聞かずに遊び場所として親しんできた。ゆえに不思議井戸のすべてを熟知していた。

死を覚悟した父親が菩提寺の丸墓に参った。備忘録を孫一に密かに渡すために隠す場所があるとしたらこの井戸しかない。

真っ暗な井戸の水面から磯のにおいが漂ってきた。

備忘録は蓋の裏側、厚板と補強の鉄板の間に挟み込んであった。

孫一は閉じられた備忘録を抜くと、開けた蓋はそのままにして丸墓の前に立つ今朝貫右門のもとへ戻った。

　手にした書付を見た今朝貫が、

「なんとかようなところに」

　と呟き、手を孫一のほうに差し出した。

その直後、孫一は背後に人の気配を感じた。

「今朝貫の旦那、親父を殺し、こんどは倅を始末するだね」

元草相撲の文吉が陣笠を被った孫一の背後に迫ってきた。

次の瞬間、

「下郎の相手はおれじゃ」

と黒岩慎吾の声が墓石の間からして、鞘を走った刃が文吉の首筋に叩きつけられ、
ぐえっ
と低い悲鳴を上げた文吉の巨体が斃(たお)れこむ音がした。

黒岩慎吾の免許皆伝は草相撲の元大関など一撃で斃した。そのことを孫一は背後を振り返ろうともせず確信し、

「受け取られよ」

と井戸に隠されていた備忘録を今朝貫に差し出した。

「な、なんだ」

文吉が斬り斃された経緯が分からぬのか、今朝貫が後ろ下がりに孫一から間を置こうとした。

「内与力今朝貫右門、江戸町奉行所を愚かにも金儲(かねもう)けの場に使いおったな」

北町奉行所の見習与力北大路道之助の声がして、ちらりと背後を見た今朝貫は、五人の人影が逃げ道を塞いでいることを認めた。

「み、見習いの分際でな、なにをする」

狼狽した今朝貫が視線を戻したとき、眼前に孫一が忍び寄っていて、

「今朝貫右門、父の仇じゃ」

と平静な声音で宣告すると、小さ刀の切っ先を心臓に向かって深々と突き刺した。

うっ

と洩らした今朝貫の胸から孫一が小さ刀を抜くと、内与力は不意に崩れ落ちていった。

七人が丸墓の前に集まった。

「さあて、大頭どの、この二つの骸、どう始末する気かな」

黒岩慎吾が孫一に質した。

「そなた、おれがなぜこの場を選んだか、推量がつこう」

「慶光院の不思議井戸に始末してもらう算段じゃな」

と孫一の腹心の黒岩が答えた。

「不思議井戸に落ちた骸は、潮の満ち引きで地中を江戸の内海へとゆっくりゆっくりと何年もかかって運ばれていくのであったな」

「われらの遊び場所を大頭は、仇討ちの場所に選んだか」

と静岡藺八が呟き、

「まず内与力どのから水浴びしてもらおうか、湯灌の要はあるまい」

日比谷俊一郎が今朝貫の体を不思議井戸へと引きずっていった。

二つの亡骸を始末し、二人が乗ってきた南町の御用船を大川河口に流した七人は、霊岸島の慶光院へと戻りながら、

「本日の弔いが終われば、一つ区切りがつくか、大頭どの」

「黒岩、ことはそう容易ではあるまい。まず父上が残した備忘録をおれが目付衆に届ける。その先、われらにも調べがあるやもしれぬ」

「なんの調べか」

「内与力と小者の文吉の行方しれず」

「大頭らしくもない。骸もないものをどう調べる」

「じゃな」

と黒岩の言葉に孫一が応じ、

「まずは喪主を務め上げる。そのあと」

と言いかけた孫一が、

「いや、よい。すべて決着がついた折りに話し合おう」

と語を継いだ。

四

慶光院の本堂に寝かされた笹塚中右衛門の傍らで一刻ほど仮眠した黒岩慎吾ら六人は、読経の声で目覚めた。すると和尚の傍らで孫一が読経に合わせて口をぱくぱくさせていた。

南町奉行所古参与力笹塚中右衛門の弔いは、通夜にも増して大勢が参列した。さすがに通夜を欠席した南町奉行井筒伊豆守重里も本葬には姿を見せた。だが、余りにも大勢の参列の人びとに喪主の笹塚孫一と井筒奉行は話す機会はなかった。

笹塚中右衛門の女房は、盛大な弔いにびっくり仰天した。だが、格別に孫一に驚きはなかったし、

（おれは父のような与力にはなれぬ）

と思っただけだ。

慶光院の不思議井戸の傍らに骸が埋葬されたとき、笹塚中右衛門の弔いはすべて終わった。

若い喪主の笹塚孫一が本堂に戻ると、

「ご苦労であったな」

と南町奉行所の年番方与力の小金牧猪三郎が労った。

「小金牧様、こたびは父の不慮の死に大変ご迷惑をお掛け申しました」

孫一の言葉に頷いた小金牧が、

「そなたが父の跡を継げるかどうか、奉行井筒重里様の一存じゃな」

と洩らした。

「年番方与力、町奉行所与力は世襲が習わしにございます。なぜ大頭が後継者になることを南町奉行は躊躇されますな」

黒岩慎吾が口を挟んだ。

他の五人の仲間も同意するように首肯した。

「そのほう、北町奉行所の黒岩であったな。笹塚孫一が南町であったことが差し障りよ、北町奉行のもとにあればなんの差し支えもなかろう」

「それはまた不思議な話にござる。小金牧様、町方与力の弔いに香典の類は固く断ったにも拘わらず、本日だけで強引に置いていかれた金子が三百八十余両を数えました。かような与力どの、わが北町奉行所にはおりません。江戸の住民に敬愛された人物の嫡子がなぜ見習の二文字が直ぐにとれませぬ」

とさらに文句をつけた。

「黒岩、香典の類は断れと父の遺言じゃぞ」

と孫一が話柄を変えるように口を挟んだ。

「そういうてもな、置いていかれる人が後を絶たぬのだ。それだけ大頭の親父様は町役人として慕われておったということじゃ」

黒岩の言葉に小金牧が、

「おお、思い出した。孫一、宿坊にそなたと話したいという御仁が待っておられる」

とこの話題を続けたくないのか言い出した。

「どなた様でございますな」

「うむ、目付町方掛種倉宋左衛門様じゃ、最前弔いにも見えておられた」

と小金牧がいうのに孫一を除いた見習七人衆の六人が唾を飲んだ。だが、孫一

は平然とした態度で、

「小金牧様、お願いがございます」

「なんだ、目付はわれら町方役人を監察糾弾される役目、お会いせぬわけにはいかぬぞ」

「それはもとより承知です。最前、黒岩に父のために香典が三百八十両余も集まったと聞かされました。その金子、御救小屋の費えにしてくだされ、お願い申します」

と告げた孫一に、

「おい、孫一、母御と相談せんでよいか」

と小金牧が忠言した。

「父の跡の与力は継げんでも、笹塚家の嫡子はすでにそれがしでござれば、家内のことはそれがしの判断でようございましょう」

と毅然とした態度で応じた孫一が、

「宿坊に参ります」

と大頭を載せた小柄な体の胸を張って本堂を出ていった。

黒岩らがその背を緊張と不安の面持ちで見送った。

慶光院住持富樫真寿を相手に壮年の武家が向き合って話をしていた。目付町方役であろうと思いながら、廊下に座した孫一は、

「和尚、諸々ご面倒をお掛けいたしました」

とまず通夜と弔いが終わった礼を述べた。

「近ごろには珍しく大勢の参列者が参っておられたな、弔いに賑やかなどという表現は似つかわしくなかろうが盛大にも厳粛な弔いであったことは確かだ。父御の人徳じゃな」

「有難きお言葉です」

と応じた孫一が武家を見た。

「御目付どのにござろうか、それがしに御用とか。それがし、笹塚孫一にございます」

と視線を武家に向けると、武家が頷き、

「愚僧はこれにて失礼をいたします」

と住持の富樫がこの場を去っていった。

「笹塚孫一、こちらに来られよ」

と命じた目付が孫一の挙動を見ながら、

「それがし、目付種倉宋左衛門じゃ、担当は町方掛、つまりそなたら町奉行所の行状を監視することが役目である」

と名乗って役目まで説明する種倉に孫一は無言で頷いた。

「父御笹塚中右衛門の死は首吊りじゃそうな」

といきなり本論に入った。

「種倉様、父は病死にございます」

「さようなことはだれも信じておるまい。南町には病死届けを出したそうじゃな、受領されたか」

「いえ、されませんでした」

「なぜかな」

種倉が孫一に質した。

「かような届けには手続き料として金子が要るとのことで受領を拒まれました」

「なに、与力の嫡子が金子なしでは手続きを受け取らんと拒まれたか。拒んだ相手はだれか」

「それは申したくございません」

「さようか。ならばわしが名を挙げようか、本日の本葬に姿を見せなかった内与力今朝貫右門ではないのか」

「お答えしとうございませぬ」

「ならば問いを変えようか。中右衛門はなぜ牢屋敷などに査察に出たな」

「それがし、未だ見習の身分、父の実務は存じませぬ。されどあとで知ったところでは、奉行所内で上層部のさるお方に命じられ、数寄屋橋から小伝馬町へと向かったということです」

「中右衛門は本来古参の市中取締諸色掛であったな」

　種倉は分かったことを聞いた。

「ただ今は無役にございます」

「ほう、老練な与力が無役に落とされたというか、なぜだな」

「それもまた南町奉行所内のことでござれば、人事の是非についてそれがしは存じませぬ。また父は屋敷に戻り、御用のことや役職が変わったことを話した例はございませんでした」

　種倉がしばし間をおいて孫一を険しい表情で睨んだ。

「さようか。わしの耳には、そのほうが父の所業に関心をもって大店などを尋ね歩いたと聞き及んだが、それはなぜか。父の中右衛門が不正でもしておると思うてか」

「父が不正に関わっておるなれば、弔いにかように大勢の人々が参るものでございましょうか。天と地がひっくりかえろうとも父に出来ることではございません」

「ならばそなた、父が関わりをもつ大店になにを聞き回った。わしは父御のことを聞いておるのではない。そなたの行動の真意を糾してておるのだ、しかと答えよ」

と命じた。

孫一も十分に間を置いた。

「それがし、父が市中取締諸色掛を外されたあと、なぜ未練げにかつての出入りの商人を訪ねたか、その理由が知りとうございました」

「そなた、見習ゆえ父御の役目はよう知らぬと最前答えたな」

種倉が問い詰め、孫一は胸中でどう切り抜けるか迷った。

「八丁堀の屋敷に、市中取締諸色掛の折りに付き合っていた商人が何人もそなたの父御に懇願に参ったことはないか。己の屋敷内のことだ、知らぬとは言わせぬ。答えよ」

「父は役目を外されたにも拘わらず動かれた。その曰くをそれがしは知りとうございました」

「そなたの問いに商人らは答えたか」

孫一は首を横に振ると、

「たとえ笹塚中右衛門様の嫡子でも話すわけにはいかぬと断られました」

「で、そなたはその言葉をどう判断したな」

「父が昔出入りの店を訪ね歩いたことを知り、嫌悪を感じられた方々がおられたのだと思いました」

「そう思うただけか。父御の手伝いをしようとは思わなかったか」

「種倉様、それがし、未だ見習与力と幾たびも申しましたぞ。なにをどうせよと申されますので」

種倉が不意に話柄を変えた。

「二日前、笹塚中右衛門は南町の内与力御用部屋に呼ばれ、話し合いのあと、牢屋敷に査察に行かされた。そのことは承知じゃな」

「あとで知りました、と最前答えましたな」

「あとというて、いつのことだ」

「牢屋敷から父が身罷ったと知らせが届いた折りでございます」

「ほう、南町に知らせが行く前にそなたのもとへ知らせが届いたか」

「おそらくは牢奉行石出帯刀様に南町に知らせよと命じられた牢同心どのが勘違いして、それがしの屋敷に先に知らせたものと思えます」

「間違えてのう。で、そなた、どうしたな」

「小伝馬町へ駆け付けました」

「一人でか」

「それがしの仲間が助力を申し出てくれました」

「だれと聞いても名は挙げまいな」

孫一は無言で応えなかった。

「父御の骸はどこにあった」

「牢屋敷空牢の土間に敷かれた筵の上に寝かされており、その傍らに線香が手向けられておりました」

「首に縄が巻かれたままじゃな、また体には叩かれたあとが残っておったな」

ふっ

と息を一つ吐いた孫一が頷き、

「父の骸を八丁堀のわが家に連れ戻りましてございます」

と応じた。

「で、そなたは病死届けを奉行に差し出した」

「応対したのはお奉行ではございません。別の人物にございました」

「かような届けには金子が要ると申したのはその人物か」

孫一が頷くと、

「病死届け、すなわちそなたが笹塚中右衛門の跡継ぎになる手続きにいくら金子を要求したな」

「五十両と申されました」

その折り、廊下に人の気配がして孫一の知らぬ人物が種倉の耳元に何事か囁き、また廊下から出ていった。目付町方掛種倉の配下が黒岩らを取り調べておるかと孫一は思った。

「笹塚孫一、笹塚家の内証はどうだな。五十両が払えそうか」

「五十両どころか本日の弔い代さえ蓄えがございませなんだ」

「本日集まった香典が三百八十余両じゃそうな」

「香典はすべてお断りするように願っておりました」

「通夜では断ったが本日の本葬では断りきれなかったか。その金子のなかからそのほうが跡継ぎになるべく五十両を支払うか」

「いえ、その気はございません」

「なぜか」

「亡父の考えにそぐいません」

「香典すべてを町奉行所の御救小屋に差し出したそうな」

孫一は最前の種倉の配下の耳打ちはこのことかと思った。

「笹塚孫一、そのほうに五十両を要求したのは井筒重里奉行の内与力の一人ではないか」

孫一は顔の表情一つ変えず無言を通した。

「今朝貫右門なる人物、井筒奉行の内与力四人組の頭じゃそうな。井筒奉行の代理で通夜に出たのもこの者じゃな。そのほう、父親の顔を今朝貫右門だけに見せたそうじゃな、その真意を問う、なぜか」

「なぜと申されても咄嗟の思い付きにございました」

種倉は長い間をおいて尋ねた。

「その後、今朝貫右門と会ったか」

「いえ、通夜から本葬へと忙しくお会いする暇などございません」

「今朝貫右門は通夜から南町奉行所に戻ったが、どうやら小者の文吉なる者を伴い、忽然と姿を消したそうな。そのほう、行方を知るまいな」

「存じませぬ」

種倉が両眼を閉ざして沈思した。

ふたたび長い沈黙であった。

「笹塚孫一、話は終わった。仲間のもとへ戻ってよし」

「有難きお言葉にございます」

孫一が慶光院の住持の座敷から消えた。

目付町方掛の種倉宋左衛門が閉ざしていた両眼を見開いた。すると孫一が座していた場に一冊の書付が置かれてあった。種倉は備忘録と記された書付をぱらぱらとめくり、

「あの親にしてこの子あり、町奉行所の与力風情では勿体ないわ」

と独白した。

本堂には黒岩慎吾ら六人の仲間が孫一を待ち受けていた。

「目付になにを質された」

と一ノ瀬八五郎が尋ねた。

「大したことではない」

「なにっ、われら町奉行所の関わりの者にとって一番厄介な役人が目付方だぞ、それが茶飲み話で終わったというか」

北町奉行所与力見習北大路道之助が孫一に不安の滲(にじ)んだ口調で質した。

「この一件、案ずるな、ご一同」

と応じた笹塚孫一が、

「ちと願いごとがある」

と言った。

「なんだな、大頭」

北町同心見習日比谷俊一郎が孫一を見た。

「われらの『見習七人衆』を解散したい」

「目付方から命じられたか」

と黒岩が尋ねた。

「いや、それがしの意思じゃ、われらはこれから順次に見習の二文字がとれて、北であれ南であれ、実務に就くことになる。われらがここ何年も交流してきた『見習七人衆』の交情は、実務の場で生かされていかねばならない。ゆえに『見習七人衆』を解散する」

座を沈黙が支配した。

首肯する者、顔を横に振る者、それぞれが孫一の提案に沈黙のうちにも反応し、一人またひとりと慶光院の本堂から姿を消して黒岩と孫一だけが残された。

二人はそれぞれが今朝貫右門と文吉の死を考えていた。

「黒岩慎吾」

と孫一が呼びかけた。

「そなたと笹塚孫一は、その者がどのような人間であれ、人ひとりの命を負うて今後の務めを果たさねばならぬ」

「あれは町奉行所のためである。同時にそなたの親父様の仇を討ったのだ。武士には許された所業じゃ」

「とはいえ、見習の分際で為すべきことではない」

「他に方策があったか」

「ない。なかったゆえあの策を選んだ、黒岩慎吾」

「大頭どのの心底、おれも察しておる」

黒岩慎吾がきっぱりとした返事をして、

「慎吾、この次に会う折りは北町と南町の新入り与力として仕事の場だ」

無言で頷いた黒岩慎吾が立ち上がり、笹塚孫一だけが残った。

（おれは父とは違う与力になる）

と覚悟を決めた。

その日の夜から幕閣に嵐が吹き荒れた。

一座掛かりとも呼ばれる寺社奉行、町奉行、勘定奉行、目付が陪席しての三奉行立合裁判が行われ、その場で笹塚中右衛門が四十数軒の大店の主、番頭から直に受けた証言が読み上げられた。その場に出席していた井筒伊豆守重里は顔面蒼白になり、ぶるぶると体を震わせ始めた。

一座掛かり場で南町奉行井筒重里の免職が決まり、後に老中にも諮って二千八百石の家禄半減と重里の隠居が命じられると同時に、嫡子伊一郎への家督相続が許された。老中のなかには重里の切腹と家断絶を主張される者もいたが、井筒家が三河以来の譜代であったことに鑑み、かような処置と決まった。

江戸の治安と経済を監督差配する江戸町奉行の初代は板倉四郎左衛門であった。以来、井筒重里にて三十六人を数えた。だが、井筒伊豆守重里が南町奉行職に補職したという記録はいつの間にか掻き消えてどこにも見当たらない。

第四話　用心棒と娘掏摸

一

東海道の宿場の一つ、駿河国沼津は、慶長六年（一六〇一）より十八年まで三枚橋城主譜代の大久保家が大名を勤めていた。だが、この年の九月二十七日に大久保忠佐が没し、無嗣により廃藩となった。以来、代官領支配などで安永六年（一七七七）十一月、三河国より譜代水野忠友が沼津藩を立てるまで幕府直轄領が続いた。

安永五年夏の四つ（午前十時）、代官領の沼津の堀端にある尾張柳生流の幾田佐右衛門の町道場に、旅にいささか疲れた体の一人の武士が訪れた。

江戸深川生まれの女掏摸、あかねは格子窓から何気なくその様子を眺めていた。

　武士は丁寧な口調で、

「幾田先生にお願い申す。それがし、浪々の剣術家向田源兵衛と申す。恥ずかしながら路銀に窮して道場破りを考え申した」

　と言い、その言葉を聞いた門弟たちが、

「道場破りじゃと、このご時世に未だおるか」

　とか、

「道場破りにしてはえらくおとなしいではないか」

　などと言い合った。

　あかねは、

（この浪人者、冗談を言っているのだろうか）

　と呆れ顔で見ていた。

　壮年の道場主幾田は落ち着いた語調で、

「お手前、道場破りを稼ぎ仕事にしておられるか」

「いえ、初めてにございます」

「なんとわが道場が初めてじゃと。道場破りは時によっては怪我もする、また死に至ることもある。覚悟の上か」

と質した。

「承知しており申す」

と道場破りが生真面目な顔で答え、

「それがし、なけなしの小判二両を持参しております。この金子を勝負に掛けまする。それがしが勝ちを得た場合、そちら様から二両を頂戴できませぬか」

と布に包んでいた二両を道場主に見せて願った。

あかねはなんとも奇妙な道場破りがあったものだと思った。女掏摸とておよそ道場破りがどんなものか承知していた。二両の金子があればなにも道場破りなどすることもない。それに道場破りが己から金子を差し出して対等勝負をするなど、

(なにか妙だ)

と思った。

「わが道場の者が勝ちを得る場合もござろう。その折りはそなたが手にする二両を当道場に渡されると申されるのかな」

「いかにもさようにございます」

と道場破りの返事は明解だった。

「なんぞ曰くがあってのことか。二両もお持ちなればなにも道場破りなどなさる

こともあるまい。それを元手に旅を続ければよかろう」

道場主が諭すように言った。

壮年の道場主は実に事が分かった人物だと、あかねはみた。ふつうはかような問答などせず、道場破りするしないに拘わらず叩きのめすか道場から追い払うのではないかと思った。

「それがしが持つ小判は国許を出る折り、母上が持たせてくれた時代が古き小判にございまして、旅の道中、窮した折りに両替しようとしますと、あまりにも古いゆえ偽小判と間違われて両替もしてくれません。されどこの二両は間違いなき本物の小判、先祖代々、なにかあればこの金子に手をつけよと言い伝えられてきた金子にございます。これから箱根峠を越えるに際して両替しようと思いましたが、また断られるかと案じました。ゆえにこちらの道場を見て、ふと道場破りを思い付きました」

道場破りの言葉を聞いた道場主の顔に笑いが浮かんだ。

「そなた、どちらに参られる気か」

「江戸に出てなんぞ生計を探そうと考えており申す」

「その前にわが道場を見て、妙な申し出をなされたか」

「妙でございますか」

道場破りの返答はあくまで神妙だった。

「そなた、道場破りの作法を」

と言いかけた道場主が、

「道場破りに作法などないな。つまりそちらから一方的に勝負を持ち掛けて、なにがしかの金銭を強請りとらんとする輩が道場破りにござる」

「ほうほう、道場破りとはさような輩ですか。ならばわが二両は要らぬと申されますか」

「まあ、そんな風じゃな。そなたには失礼ながら道場破りの下種な面魂も厳めしい気迫も見えませぬし、お止めになったほうがよかろうと思う」

道場主の幾田が懇々と道場破りを説得した。

「それではこの二両は仕舞うとして、立ち合うてはもらえませぬか。何事にも始まりがございましょう。こちらの道場を見かけて思いついたのもなにかの縁にござる。今後、それがし、道場破りができるかどうか試したく存ずる」

道場破りが二両の金子を丁寧に布に包み直して懐に仕舞い、改めて勝負を願った。

「わが道場であくまで道場破りの試しをなさろうという所存か」

「はい、お願い申す」

道場主の幾田佐右衛門はしばし沈思し、

「師範、このお方の願いに付き合うてみる気はあるか」

「最前から問答を聞いておりますが、どうやら事情が他にもおありの様子、あくまで打ち合い稽古でよければ、それがし、立ち合いまする」

と呼ばれた笹村彦左衛門が応じ、

「そなた、名はなんと申されたかのう」

と尋ねた。

「向田源兵衛にござる」

「おお、そうじゃ、向田どのと名乗られたな。流儀はいかに」

「間宮一刀流を修行いたした」

「なに、間宮一刀流とな、流祖は間宮五郎兵衛久也様ではなかったか」

道場主の幾田は古の剣術家に詳しいのか、驚きの顔で向田を見直し、師範の笹村に、

「師範、どうやらこの御仁なかなかの力量の持ち主のようじゃ。油断をしてはな

らぬ」

と注意し、

「向田どの、立ち合いの得物は木刀か竹刀か、どちらをお選びになるな」

「それがし、どちらにても構いませぬ」

その言葉を聞いた笹村師範が、

「師匠、木刀にて願おう」

と言い出した。

「木刀勝負か、どちらが怪我をしても詰まらぬがのう」

と幾田が向田源兵衛を見返した。

「それがし木刀にても構いませぬ。ただし木刀を携えておりませんゆえ、道場の備えの一本をお貸しくだされ」

と願った向田が道場の端に身を移し、道中嚢と手にしていた大刀の脇に脇差を抜き、さらに風雨にさらされた道中羽織を脱いで丁寧に畳んで大刀の傍らに置き、再び道場主に向き直ると、

「この木刀で宜しゅうござるか」

と門弟の一人が向田源兵衛と名乗った道場破りに差し出した。

「お借り申す」

（あれあれ、あの道場破り、本気で打ち合うつもりだよ、怪我などしなければいいのにさ）

　とあかねは思った。

　向田源兵衛と師範笹村彦左衛門の立ち合い稽古の体を装った道場破りの試しは、相正眼（あいせいがん）で始まった。

　深川生まれのあかねは、父親から掏摸の技を伝授された。他人様（ひとさま）の財布を気付かぬように掏（す）り取るのは、

「職人技」

　と父親は娘に厳しく教え込んだ。

「あかね、掏摸は相手があってのことだ。いわば侍の真剣勝負と思え。年寄りや体の利かない人間の巾着（きんちゃく）を奪うのは技ではない、懐に小判を入れてそうな壮年の男を狙え。二本差しの侍なんぞの懐から相手が気付かぬうちに財布を掏り取るのが技前というものだ」

　そんな父親から掏摸技を教えられたあかねは、二人の侍の打ち合いを両者ともに、

（真剣勝負だ）

と見た。

勝負は一瞬だった。

掏摸の目配りと技量に達したあかねでなければ見逃がしたかもしれぬほど、寸毫の間で決まった。

仕掛けたのは師範の笹村だ。

道場破りは笹村をぎりぎりまで引き込んでおいて、一瞬の返し技で笹村師範の胴を抜いて床に転がしていた。それも本気で打ったのではないことをあかねは見ていた。

道場内が森閑とした。

床に転がった笹村彦左衛門が痛みを堪えて必死に立ち上がり、まず師匠を見て、

「師匠、それがしが敵う相手ではございませぬ。この技前ならばこの御仁、道場破り稼業はできましょう。が」

と言葉を止めた。

「この人柄では道場破りは無理かのう」

「無理でございましょうな」

と師弟で言い合った。その問答を聞いた向田源兵衛が、

「よう分かりましてございます」

と応じると、なんとのう引き留めんとする幾田佐右衛門の言葉に背をむけ、木刀を壁の木刀掛けに戻して一礼し、大小など旅の荷を抱えると最後に見所に向かって再び拝礼し、道場を出た。

あかねは道場の様子を見ていたが道場主の幾田が、

「あの御仁、江戸に出向かれると聞いたが、よき師に出会うとよいがな」

と沈黙の門弟らに呟いた。

あかねは幾田道場の格子窓を離れると、路上で身形を整える向田を見た。道場で感じていたよりも光の下ではだいぶ若く見えた。同時に人のよさそうな顔に陰を感じた。そのことがあかねに声をかけさせることを後押しした。

「お侍さん、儲けそこなったわね」

うむ、と振り向いた向田源兵衛が、

「おお、格子窓の向こうから見物されておったな」

と笑みの顔で応じた。なんとあの問答と打ち合い勝負の間に、格子窓の外から見物するあかねを認めていたのだ。

「お侍さん、剣術は強いけど商売は下手ね」

「道場破りは商売か」

「なんでもお金が絡めば商いよ」

「そうか、商いか。そなたの商いはなんだな」

「掏摸なの」

「なに、掏摸というのは他人様の財布なんぞを掏り取る所業じゃな、それも商いのうちか」

「うちのお父っつぁんは他人様の金品を掏り取る技があるかなしかで、掏摸も職人の仲間と言っていたけど」

「そなたはこの地の者ではないな」

「江戸は深川の生まれ育ちよ。代々掏摸の家系なの」

ほう、と関心した向田源兵衛が不意に慌てて懐の二両包みを探り、

「な、ない」

と慌てる顔に、ほら、とあかねが自分の後ろ帯の間から布包みを出してみせた。

「うーむ、確かに早業じゃな。もはや二両はそなたのものか」

愕然とした向田源兵衛が問うた。

「お父っつぁんは年寄り、貧乏人から決して掏るなと戒めていたわ」

と言ったあかねが二両包みを源兵衛に返した。

「となると、わしは貧乏人じゃな」

「まあね、だってお金欲しさに道場破りを始めたんでしょ。二両も持っていてよ、間尺に合わない商いを思いついたものね」

「どこぞで小判を両替せぬと、めし屋にも入れぬ」

「その小判を両替してくれるのは江戸の両替商じゃないと駄目かもね。かたちから元禄小判より金目の率が高い宝永小判とみたけど」

とあかねがさらりと言い切った。

「よう承知じゃな、いかにも母から宝永小判と聞いたな。そなた、確かに掏摸の名人の家系のようじゃな」

「まあね」

「なぜ、駿河などを旅しておる」

「曰くがあるのよ。お侍さんも曰くがありそうな感じがするけど」

向田源兵衛が苦笑いした。

「そなた、いくつか」

「十九、名はあかね」

「あかねどのか、それがし」

「向田源兵衛でしょ、それって偽名」

「おお、道場で名乗ったのを聞いておったか、本名である」

「二両以外に一文も持ってないわね」

「ない、一文とてござらぬ」

「どう、私の用心棒をしてくれない。そしたら宿代めし代くらい出してあげるわ」

「掏摸が用心棒を雇うと申すか」

「いやなの、掏摸の用心棒では」

「いや、そうではないぞ。なにしろ道場破りをしくじったばかりゆえな、背に腹は代えられまい。それにしてもあかねどのはなぜ用心棒が要るのかな。いや、その曰くはよい、そなたを仇に狙う相手があるのかな、それを聞かせてくれぬか」

うん、とあかねが頷いた。

「何人かな」

「三人か五人ね」

「その者たちはこの界隈の者か」

「いや、江戸の者たちよ。ちょっと掏摸の相手を見間違えたのね。で、追い回されているの。あいつら、私より先回りして東海道を上っていったわ。それが分かったから私は反対に江戸に戻ろうとしているの。だって、お父っつぁんの身が心配だし」

「つまり江戸までそなたを無事に届ければよいのだな」

「そういうこと、旅籠代、めし代は持つわ。もし、そいつらが襲ってきたら私を守って。その折りは格別に三両、いや、五両は支払うわ」

「女掏摸どのの用心棒で儲けようとは思わぬ。わしはなんとか江戸に辿りつけばよい」

「江戸に知り合いはいるの」

「知り合いといえば旧藩の江戸藩邸に行けばいよう。じゃが、そちらを訪ねることはいたしたくない。となると、江戸を承知の知人といえばただ一人、あかねどのじゃな」

あかねは旧藩内部でなにか事が起こったか、と自分のことは他所にして想像した。

「よし、決まった。向田源兵衛さんはあかねの用心棒よ、私がその二両を遣わさないで江戸まで案内するわ」

「有難い、助かった」

とあかねに応じた源兵衛は、

「沼津宿を経て箱根関所まで五里ほどか、今宵のうちに箱根宿に着こうな」

「源兵衛さんたら確かに旅を知らないわね。箱根八里は天下無双の険という難所なのよ」

「大井川の川渡しと箱根の山は東海道の難所と聞いたことがある。そうか、そう容易くは登れぬか」

「それもあるし、女掏摸が箱根関所で歓待されると思う。いくら江戸に向かうといえども女と鉄砲には箱根の関は難儀なの」

ふーむ、と源兵衛が唸った。

「どうすればよいな。関所破りか、それはどうもな」

「小田原城下に向かう道は東海道ばかりではないわ。根府川街道の脇往還を伝って熱海に出て、小田原城下に出るのよ。根府川にも関所があるけどこちらはいくつか抜け道があるのよ。三島に来るときも根府川街道を通ったわ」

「ならば女主どのに案内(あない)を願おうか」

「任せなさいな」

旅仕度の二人は菅笠(すげがさ)で夏の陽射しを避けながら、三島宿の時鐘付近から修善寺(しゅぜんじ)に向かう脇道に入った。

そのとき、向田源兵衛は殺気の籠った視線を感じた。それがあかねを追う者たちの視線なのか、あるいは己に向けられた刺客の眼差しか区別がつかなかった。ただ、あかねに同行することになって刺客が一組から二組になったようだと源兵衛は覚悟した。

「なにかあったの、急に黙り込んだけど」

「掏摸は怪しげな見張りの眼を感じぬか」

「仕事の折りは相手の懐のものをどう抜きとるかしか考えてないわね、訝しいことを感じるの」

「あかねどのを追う一味かどうか分からぬし、わしの考え違いかもしれぬが、東海道を外れて脇往還に入った辺りで嫌な予感がしおった」

「追っ手は、私が江戸に戻ろうとしているのを気づいたの」

「かもしれぬし、最前申したようにわしの考え過ぎかもしれぬ」

源兵衛の返事にあかねがしばし考え込み、

「そうか、源兵衛さんも敵持ちなの」

「わしはさような考えはないがな、相手がそう思うておることは十分考えられるな」

「なんだ、二人して追っ手に追われての逃れ旅なんだ」

「ということになるかのう」

「その割に源兵衛さんは案じている風はないわね。なんとか流の達人だからかな」

「今やわしは女掏摸の家来じゃからな、約定は守らぬとな」

と答えた源兵衛が、

「今宵はどちらにて宿泊かな」

「そうね、熱海かな」

「ほう、熱海な」

と応じた源兵衛だが、熱海がどこにあるのか、どのような町なのか全く知らなかった。

二

修善寺街道に入り、昼餉に野菜たっぷりの具入りうどんを二杯とにぎり飯を食した向田源兵衛は、

「二日ばかり口にものを入れてないでな、なんとも美味であった」

とあかねに礼を述べた。

「源兵衛さんたら、すきっ腹で道場破りをしたの、呆れた」

「いや、水っ腹だったな」

あかねの問いに源兵衛が平然と答えた。

「それであの剣術なの。道場の先生も立ち合った師範も優しくてよかったわね。他の剣道場ならば門弟全員でなぶり殺しに遭ったわよ」

「そうじゃな、そのようなことがあっても致し方ないな。幾田先生は立派な剣術家であった。こうしてうどんを美味く食えたのも幾田先生の寛容なお心のお蔭じゃな」

源兵衛は沼津の堀端に面した幾田道場を思い出していた。その源兵衛が、

「うむ」

と小首を傾げた。

「どうしたの」

「われら、呑気にうどんを食している場合ではないかもしれん。なんとのう背筋がぞくりとした。われらに関心を持つ者が近くにおる。先を急ごうか」

あかねがうどんを作ってくれた老婆にうどん代を支払い、源兵衛は礼を述べた。

すると老婆が、

「修善寺に行かれるかね」

と奇妙な二人連れに質した。

「山越えして熱海に行くの、おばあちゃん」

とあかねが答え、

「この刻限から峠越えかね、根府川街道の軽井沢辺りで泊まるがよいら、山ん中で一晩過ごすことにならんようにな」

「わたし、根府川街道はつい先日越えたばかりよ。夏だし、陽がおそくまで高いもの、大丈夫と思うわ」

と案内方のあかねが自信満々に応えた。

だが、根府川街道に入って江戸育ちのあかねが山道を間違え、郷人に聞いて、もとの道に戻ったときには日没が迫っていた。

「あかねどの、最前の小さな集落に引き返したほうがよくはないか」

「追っ手の感じはどう。引き返したら鉢合わせしない」

「それもあるな。ならば先に進むか」

と二人で話し合い、森のなかにくねくねと九十九折(つづらおり)に曲がる山道を強引に進んでいった。

宵闇(よいやみ)の薄い光も頼りなくなった。

「道は間違えてないと思うのよ。だけどどうやら熱海峠を今晩じゅうに越えるのは無理ね」

「われら、提灯の仕度もない。どこぞに山寺か地蔵堂でもあれば、そちらに願って一夜を過ごすか」

「源兵衛さん、ごめんね。最初の夜から野宿になって」

あかねが詫びた。

「主が謝る要はないぞ、それがしの旅はな、かようなことばかりだからな、案ずるな」

「源兵衛さんは旅慣れしているわね」

「芸州を出てはや六月か、いや七月になるな。ようやく旅に慣れたころじゃ。あかねどのは江戸を出て、どれほどになるな」

あかねは芸州がどこにあるのか想像も出来なかった。

「半月ほどよ」

「そなた、江戸育ちであったな。ようも娘ひとりで半月も旅をしてこられたな、何事もなかったか」

「追っ手に追われているのを駿河の内海のそばの宿場江尻で知ったことと、源兵衛さんに会ったことくらいね」

「そなた、江戸にあるとき、掏摸稼業をしていたのであろう。その折りの用心深さが旅で役に立っているのかもしれんな。まずは娘ひとりで、旅など考えられんぞ」

「致し方なかったの」

あかねが応じたとき、杉林のなかに板屋根の小屋が宵闇にうっすらと見分けられた。

「おお、今晩はあの杣小屋にて過ごすのがよいな。熱海とやらは明日参ろうか」

「そうね、そうしてくれる」

と二人で衆議が一決し、山道から杉林のなかに建つ杣小屋に二人は歩み寄った。

「あら、だれかいるようよ」

さすがに掏摸稼業のあかねだ、人の気配を直ぐに察した。

「頼もう」

と一応声をかけた源兵衛とあかねは、板戸を押し開けて薄暗い杣小屋のなかに入った。すると小さな灯りが点って、夫婦と思しき男女が恐怖の顔を二人に向けた。

「おお、先住の者がおられたか。驚かせてすまぬ、われら、道を間違えてかような刻限に山道を歩く羽目になった。夜道を熱海までは無理であろう、一夜をいっしょに過ごさせてくれぬか」

源兵衛の言葉に安堵(あんど)した様子の亭主ががくがくと首を縦に振った。

「助かった、そなたらも熱海に行く旅人かな」

源兵衛の問いに亭主が、

「わっしら、沼津に出ようと熱海から出てきましたら、女房が足をくじいて歩きが遅くなって山中に泊まる羽目になりましたら」

と応じた。

「われらと反対じゃな、袖すり合うも多生の縁と申す」

と言いながら源兵衛は小屋の中を夫婦者の小さな灯りで見廻した。

精々六畳間の広さだ、土間が半分、板の間が半分の杣小屋だった。

「源兵衛さん、ご免ね、最初の夜からさ」

「あかねどの、何度も詫びんでもよい。これが道中というものだ。そうそう都合よくいかぬ」

「まさか江戸を出て追っ手の手を逃れて、東海道をあちらこちらに逃げ回るなんて考えもしなかったわ」

「まあ、そなたの仕事が仕事じゃ、さようなこともあろう」

二人は小声で話し合った。小さな杣小屋だ、二人の問答が聞こえたのか、亭主が、

「お侍様、われは漁師ら、波間で仲間と話し合うもんだからよ、耳だけは漁師はいいら」

「われらの話が聞こえたかな」

源兵衛が尋ね返した。

「夕暮れ前のことら、三人の侍がわしらに娘と浪人の二人組を見なかったかと聞いたら。まさかおまえ様方ではあるまいな。あの三人組は闇夜に会いたくねえ連中ら」

と言った。

「えっ、あいつら、私たちより先に熱海峠に向かっているの」

あかねが反応して、どうやら追っ手はあかねのほうだったかと源兵衛は悟った。

「われらが道を間違えた折りに先行されたのであろう。先方はあかねどのにわしが従っておるというのをもはや承知じゃぞ」

「うどん屋辺りで聞いたのかしら」

「それは大いに考えられるな」

と応じた源兵衛は、

「亭主どの、その者たちは熱海に向かったのじゃな」

「熱海峠に急いで向かいましたら」

「三人組はこの刻限熱海に着いておろうかな」

「あの足取りならばよ、熱海に駆け下ってたら」

と亭主が言い切った。

「貴重な話であった、亭主どの、助かった」

と礼を述べた源兵衛は、

「あかねどの、未明のうちにこの杣小屋を出立いたそう。その後のことは道々相談いたそうか。ただ今は少しでも体を休めておくことだ」

とあかねに言い、二人は狭い板の間の壁に寄り掛かって眠りに就いた。

翌未明、源兵衛とあかねはそっと杣小屋を出た。

漁師の夫婦は体を寄せ合って眠り込んでいた。

「一刻もかからずに熱海峠に着くと思うけどな」

とあかねが言ったとおり朝陽が上る前に視界が開け、ふと源兵衛が後ろを向くと、頂に微光を浴びた富士山が見えた。

「おお、霊峰富士かな、駿河の国に入れば富士山など飽きるほど見ることができると聞いたが、こちらは文なしの貧乏人じゃ、富士山を仰ぎ見る余裕はなかったぞ、あかねどのは富士山を見たか」

「そういえば、逃げ回ってばかりで富士山を気にかける気持ちなどなかったわ」

「であろう」

と源兵衛が応じたとき、峠の頂がはるか向こうにちらりと見えた。

「あそこまで行けばあとは下りよ、熱海に昼前に着くわ」

「あかねどの、熱海を通らずに根府川の関所を密かに越えられる山道など知るまいな」

「あら、熱海に行くのが嫌なの、熱海は海がきれいだし、湯も湧いているのよ。湯煙が町のあちらこちらから立ち昇っているところよ」

「熱海は湯処か」

「毎年熱海から押送船(おしおくりぶね)が出て、公方様に湯を献上するんだって」

「それはよきところかと思う。されどなにもあかねどのの追っ手が待ち受けておるところにわざわざ出向くことはあるまい」

「あっ、そうか」

あかねは不意に自分の立場を思い出したようだ。

「どうしたらいいと思う」

「君子危うきに近寄らず、とどなた様かが申されたそうな」

「なに、そのお題目」

「賢きわれら二人ならば、無頼の三人組が待ち受ける熱海には近寄らぬほうがよかろうという意だな」

「ふーん」

と鼻で返事をしたあかねが不意に、

「私が財布を抜き取ったのは風格のあるお武家様だったのよ。どうして無頼者が私を追いかけるのよ」

と初めて追っ手に追い回される理由の一端を語った。

「大名家の家老職とか、大身旗本とかさような風体だったわ。浅黄裏ではなかったもの」

「浅黄裏とはなんだな」

「西国とかさ、陸奥あたりから殿様に従って出てくる田舎侍のことよ」

「おお、勤番者か」

「そう、あれはね、江戸育ちね、公方様の家来でさ、何千石もの直参旗本ね」

「そのご仁を狙った曰くはなんだ。どうして財布が豊かと見た」

「だって両替商近江屋から大番頭に送られて出てきたのよ、懐に金子があると思わない。ところが私が掏り取ったのは書付がたった一枚だけよ」

「なに、書付じゃと、その書状をどうしたな」

「わたし、書付じゃしようがないからさ、お武家様の懐にそっと返そうと両替商のところに戻ってみたのよ、そしたら、両替商の大番頭と武家が青い顔で険しい口調でやりとりしているじゃない。こりゃ、駄目だと思って長屋に戻ったのよ。うちのお父っつぁん、字が読めるのよ。書付を読んで、『あかね、こいつは何百両もの値打ちがある。だがな、おめえが命を落とすのが先かもしれねえ。しばらく江戸を離れねえ』と命じたよ」

「そのお武家は、あかねどのに掏られたと承知か」

「掏られた瞬間は分かるはずはないわ。だけど少しあとで女掏摸にやられたと気付くはずよ。江戸で若い女掏摸といったら、このあかねしかいないもの。調べるものが調べれば、すぐうちの長屋なんて見つけられるわ」

「そうか、そういうことか」

と幾分事情を察した源兵衛が、

「その書付はどうしたな」

「お父っつぁんが屋敷を調べて門の中に放り込んでおくと約束してくれた、で、私は、その足で江戸を離れたってわけよ」

微妙にあかねの口調が先を急いだと源兵衛は思った。だが、そのことには触れずに問うた。

「それが半月前だな」

「そう半月前」

「ならばもはやあかねどのが命を狙われることはあるまい」

しばしあかねの返答には間があった。

「そこよね、お父っつぁんが書付を返してくれたんなら、私がなぜあいつらに狙われるのかしら」

「あかねどの、そなたの親父様のことだが、商売柄口は堅かろうな」

「お父っつぁんが娘の私を裏切るってこと、それはないわ。そうね、ないわね」

あかねの口調が再び微妙に変わっていることに気付き、こんどは質した。

「なんぞ気掛かりがござるか」

しばし沈黙したあかねが、

「なぜ私の動きをこう早くやつらが読みとったんだろうと、私をつけ回す連中のことを江尻宿で知ったときからずっと考えてきたのよ。

お父っつぁんは、二人の弟子を育てているの。娘の私と従兄(いとこ)の重吉(じゅうきち)よ。こいつ、私の兄貴分でね、年上で年季も積んでいる。けど掏摸の技量は私とは比べてもらいたくないほど下手っぴなの。重吉が私たち親子の問答を盗み聞きしたことは考えられるわ。となると、私が東海道を逃げだしたとき、すぐに両替商にご注進してなにがしか金子を稼ごうって考えたとしても不思議じゃないわ」

芒（すすき）の原の向こうに熱海峠が見えてきた。

「あかねどの、そなた、書付になにが認めてあったか本当に知らぬのじゃな」

「うちで字が読めるのはお父っつぁんだけだもの」

「その親父様が掏り取られた武家の屋敷を調べて書付を返すのが先か、重吉が両替商近江屋にご注進するのが先か、どっちと思うな」

「重吉が私ら親子の問答を聞いていたとしたら、あいつが先ね。だって室町の近江屋は有名だもの、掏摸ならだれもが承知よ」

「親父様の命は大丈夫かと沼津で案じておったが、そんなことがあったゆえか」

「まあね、でも重吉が妙な動きをしたとしたら、うちのお父っつぁんが気付く。で、直ぐに身を隠すわね、重吉の知らない隠れ家に」

とあかねが言い切った。そして、不意に、

「ああ、そうだ。いいこと思い付いた。源兵衛さん、道場破りより殴られ屋が危なくなくて、きっちりと稼げるわ」

と話柄を変えるように早口で言った。

「なんだな、殴られ屋とは」

「浅草の奥山に昔いたそうよ。客に竹刀とか木刀を貸してさ、十本、殴らせるの。一本も当たらなかったら、源兵衛さんが五十文なら五十文を客から頂戴するのよ」

「そのような客がいようか」

「江戸はね、人が多くて職人衆なんて気風がよくて稼ぎがいいからきっと儲かるわ。だって源兵衛さんの剣術ならどうやったって職人衆なんて一本もとれないでしょ。一日に十人客がきたら五百文、二十人だったら千文だから一分の稼ぎよ」

とあかねが言った。

「ほう、さように稼げるか」

と源兵衛が応じながら、熱海峠の頂まで半丁と迫ったとき、芒の原の中から二人の浪人者が出てきた。

反射的にあかねが後ろを振り返った。

「もう一人いるわ、源兵衛さん」

「漁師の夫婦に声をかけた三人組だな」

「どうするの」

「用心棒の役目を果たすだけだ」

「まだちゃんとした日当も払ってないわ」

「互いが約定したことを守るのが商いの基ではないか、あかねどの」

「そうね、忘れていた」

「まず前方の二人の始末だ。いくぞ、あかねどの」

と言った向田源兵衛は、いきなり走り出した。あかねも従った。

見る見る半丁の間合いが詰まり、相手が刀を抜いて構えるのが見えた。

「あかねどの、それがしから少し離れてな、後ろの一人との間合いを知らせてくれぬか」

「あいよ」

と応じたあかねを振り返りもせず、源兵衛が二人の間に飛び込んでいった。

後ろを見つつ前方の戦いに交互に目を凝らすあかねに、源兵衛の刀が峰に返されるのが見えた。待ち受ける二人と最後の間を詰める源兵衛の背中が重なった瞬間、浪人剣客の二人が芒の原に倒れ込んでいった。

「うしろに浪人者が来たわ」

と叫ぶあかねを振り返った源兵衛の形相が変わっているのを認めた。

「そのほうの雇い主はだれかな」

と源兵衛が三人目の刺客に峰に返した剣を回した。

「さような問いに答えてはわれらが商売は成り立たぬ」

「だれもそのような言葉は吐ける。だがな、その言葉を守り抜くのはなかなか難儀でな」

三人目の刺客は八双に剣を構えた。

源兵衛にはそこそこの技量、ただし修羅場を潜った数は源兵衛より多いと思えた。

「そなたらの仲間二人とそれがしの立ち合いを見たな。そなたとそれがしでは、いささか技量が違う。それでも無益な戦いを為すつもりか」

源兵衛の問いに迷っているのか無言で応じた。

「あかねどの、芒の原に転ぶ二人の財布をそれぞれ取ってくれぬか」

「気を失った相手の財布を掏り取るのは初めてのことね」

と言いながらそれぞれの懐から財布を抜き出し、あかねはなかかも見ず、

「前払い金三両ずつと見たわね」

と源兵衛に差し出した。

「それがしではない。前のお方の足元に投げてくれぬか」

「どういうこと」

「大した話はしてくれまいが話代じゃ。どうだな、おぬし」

と源兵衛が相手を正視しながら言った。

ぽーん、とあかねが八双の構えの浪人剣客の前に財布を投げた。

三

向田源兵衛とあかねは、十国峠(じっこく)の中腹から駿河の内海と伊豆半島、さらには半島の東に初島を浮かべる相模灘(さがみなだ)の海を眺めていた。広々とした草原が広がり、二人の背後には端麗な富士の峰があった。

「十国峠とは、なに、伊豆、駿河、遠江(とおとうみ)、甲斐(かい)、信濃(しなの)、相模、武蔵(むさし)、上総(かずさ)」

「それに下総(しもうさ)、安房(あわ)の十の国が見えるということ」

と石に彫られた十国峠の由来を見た源兵衛とあかねは言い合った。

「そういうことじゃ」

しばし二人は雄大な景色に見とれて、竹藪に巣があるのか野鳥のさえずりを聞き、風に吹かれていると、時を忘れた。

「あの者の話が真かどうか分からぬが、少なくともこの景色は、百万石に値する絶景じゃな。それがし、国許を離れてあちらこちらを放浪してきたがこれだけの景色に出会うたことはない」

と源兵衛があかねに言った。

三人目の浪人剣客は、

「われら三人、小田原城下で江戸の大身旗本の用人と称する恰幅のよい武家に、『金子に困っておるようだな、一つ仕事をせぬか』と誘われた者でな、お手前が一瞬にして倒された二人と同じように金三両に釣られて誘いに乗ったのだ。ゆえに黒田八輔、伊藤与之助が本名かどうかも知らぬ。

女掏摸を摑まえて盗まれたものを取り返すだけの仕事で、三両を手付に景気よく呉れたのだ。われら、小者風の重吉なる者に案内されて箱根の関所を裏街道で抜けて、沼津の堀端の剣道場で重吉が『お侍さんよ、運がいいな、あいつが探している小娘でさあ、東海道を京まで上らねばならないかと考えていたがこりゃ、幸先いいぜ』と、偶さか道場の格子窓に立ってなかを覗き込むあかねなる娘を見つけてな、われら四人、密かに動きを見張っていると、道場から出てきたそなたにこの娘が話しかけて二人組になってしまったのだ」

と経緯を説明した。

「えっ、私たら、あの間抜けな重吉に見られたの」

「偶さかであろうが、運がよかったとはこの期に及んではいえぬな。ともかくそなたら二人を尾行して根府川街道なる箱根関所を避ける山道に入った途端、先を行くお手前らの姿を見失ってしもうた」

「われら、道を迷って根府川街道に引き返してきたときには、そなたら三人組に先行されたのだな」

源兵衛が得心した。

「の、ようだな。道筋からいって掏摸の娘が箱根関所を避けて根府川街道で熱海に出ようとしているのは、なんとなく察しがついた。昨夕、熱海からきた夫婦連れに尋ねて、そなたらが未だ熱海峠を越えていないことを知り、われら熱海峠で待ち伏せしていたのだ」

と己のことを名乗らぬ剣客の最後の一人が応じた。

源兵衛はなんとなくこの雇われ者の説明を信じる気になっていた。

「重吉はおまえさん方といっしょだったの」

と初めてあかねが口を挟んだ。

「小田原からじゃが、いかにもさようじゃ。旅に慣れてはおらぬが小娘の女掏摸を、おお、これは重吉が言うた言葉じゃぞ、それがしではない」

言い訳までしてさらに語を継いだ。

「女掏摸というのは、そなたのようだな。重吉なるものがただ一人そなたの顔を知っておるというので、われら三人の道案内を務めておったのだ」

「いまどこにいるの」

「なぜか曰くは知らぬが、小田原から熱海に移られた雇い主に、そなたらが熱海に向かうことを知らせに先行したのだ。われら熱海峠でお手前らを待ち伏せていたが、まさか出会おうとはな。ともかくお手前一人なれば、三人で始末してこの娘を雇い主に連れていけば、残りの三両をもらう約定であった。それがしが承知なのはその程度のことだ」

源兵衛はあかねが話していないことが未だかなりありそうだと思いながら、名無し浪人に尋ねた。

「そなたらを小田原で雇った主の名をご存じないか」

顎に手を置いてしばし考えた名無し浪人が、

「それがしは聞こえぬ振りをしていたが、重吉が小田原でな、『寄合日比野正勝様もこの探索に加わっておられますので』と用人に尋ねておるのを小耳に挟んだで、おそらく大身旗本日比野正勝と申す御仁であろう」

寄合は三千石以上の直参旗本でかつて幕府の役職に就いた者を指す。あかねは寄合の日比野某の用人の書付を掏り取ったことになる。

「その折り、用人はなんと答えたな」

「用人どのの返事が曖昧で、よう聞こえなかった。ともかく、重吉などという得体の知れぬ者といっしょにいるのが嫌だという顔をしておられたな」

あかねが忍び笑いをした。

「そなたが用人どのの大事な書付を掏ったゆえにかような騒ぎになっておるのだぞ」

「そうだけどさ、名無しの浪人さん、そのお蔭で九両も稼いだのはだれよ」

「うーむ、それを言われると辛いな」

と名無しが答え、

「熱海に用人どのが参られるということは、ひょっとしたらじゃぞ、用人の主の日比野正勝様が熱海におられるのではないか、確かな証はないがな」

と源兵衛の知らぬことを告げて、あかねが困った顔をしたのを源兵衛は見逃さなかった。

「それがしが知ることはすべて話した。それがし、参ってよいか」

「そなた、この界隈に明るいようじゃな、それになかなか利口と見た」

「いや、利口と褒められたが、われら三人の力を合わせてもそなたに敵わぬことを察する程度のことだ。ともかくそなたらを挟み打ちするという言葉を弄して芒の原でそなたらの背後に回ったのは、敗け戦ならばさっさと逃げようと考えた結果じゃ。だが、万が一ということがあるでな、そなたとの間合いを詰めてみた」

と正直な気持ちを吐露した。

「そのお蔭で怪我もせず九両をひとり占めね」

「そう申すな、最前もいうたが、騒ぎの発端はそなたじゃぞ」

「まあね、あいつの懐の物を金子と勘違いしたのは私のしくじりね」

「いや、そなた、百両や二百両を遣っても取り戻さねばならぬ書付を掏り取ったことは確かじゃな。ゆえに掏摸の眼は確かということじゃな」

「ふーん、名無しの浪人さんに褒められたわ」

とあかねがあっけらかんとした口調で言った。

「おてまえ、最前、それがしにこの界隈に詳しいかと尋ねられたな。それがしの父が伊豆代官の下士だったゆえ、豆州から駿州は詳しいな。おお、そうじゃ、そなたに命拾いをさせてもらった礼をいたそうか。どうせ熱海に参られるならばな、ほれ、こちらに見える十国峠に上られよ。この天気ならば十国といかずとも五国くらいは見渡せよう」

と近くの山を指した。

「あれが十国峠なの」

「さよう。あれほどの絶景は見られぬぞ。景色を楽しんだのち、根府川街道に戻らずに、伊豆山神社に出る山道を下りられよ、確か案内板があったはずじゃ。さすれば日比野某一味に会うことはあるまい」

と教えて、

「さらばでござる」

と名無しの浪人は芒の原に分け入って姿を消した。確かにこの界隈には詳しい行動であった。

「いつまでも見ていても見飽きないわね」

「とは申せ、今晩も山の上で夜明しするのは御免蒙りたいな」

「そうよね、私たち、昨晩も満足に上ってないのよね」

「腹も空いた、郷におりてめしが食いたいな」

「合点承知の助よ、今晩は立派な膳にお酒もつけてあげるわ、源兵衛さんに」

と言ったあかねが十国峠に上ってきた獣道とは違う東側の山道を下り始めた。

「これできっと合っていると思うの」

しばし無言で獣道を下ると人道に出て、案内板が立っていた。

「やっぱりこちらね」

と言いながら幅半間ほどの山道に源兵衛を従えて下り始めた。

「あかねどのも酒を嗜むか」

源兵衛が最前の話に戻した。

「掏摸に酒は禁物よ。だけど、重吉ったら、大酒飲みなの。だから掏摸の技量が上がらないのよ。こんどのことも酒代ほしさに両替商の近江屋に駆け込んだに決まっているわ」

とあかねが言い切った。

しばし夏の昼前の白い光に照らされながら、二人は黙々と山を下っていった。

行く手に樹幹の間から海が見えてきた。

「おお、海じゃな」

「相模の海よ」

「あかねどのも名無しどのと同じくらい詳しいな」

「おっ母さんは私が九つかな、そんな歳に病で亡くなったの。その前の年、お父っつぁんとおっ母さんといっしょに伊豆山の御旅所近くにある湯治場にきたことがあるのよ。夏は薄着でしょ、掏摸の仕事はし難いんですって。ひと夏、湯治宿で過ごしたの、いま考えるとおっ母さんとのお別れの旅だったのね」

「そうか、あかねどのはそれなりの苦労をしてきたか」

「人並みにはね。でも、江戸の町人が湯治なんて金持ちじゃないと行けっこないわ。お父っつぁん、あのころ、稼ぎがよかったのかな」

とあかねが江戸育ちには見えない健脚で山道を下っていった。

「そう下り坂で急ぐものではないぞ、掏摸が足を痛めては商いになるまい。それより」

と言いかけた源兵衛に足を緩めたあかねが、

「それよりなあに」

　と振り返って問い返した。

「あかねどの、そろそろ真のことを打ち明けてくれぬか」

　源兵衛の視線をあかねがしっかりと受け取め、

「どういうこと」

　と問い返した。

「そなたが江戸においてとある武家の懐から書付を盗みとったのは確かであろう。そして、その書付を親父どのに見せたことも事実であろう。その書付の内容を承知なのは字が読める親父どのだけであろうか」

　と疑問を呈した。

「だって」

「あかねどのは字が読めんというたな。だが、十国峠の石に彫られた国名を、下総、安房とちゃんと読んでおった。また、ただ今も山道の案内板の文字を読んで山道を見違えることなく案内しておる」

「どういうことよ」

　と反論するあかねの語調が弱々しかった。

「つまりそなたは書付の内容を承知しておるということだ。だが、その書付を親父どのが相手方に返したのであれば、なぜあかねどのがしつこく狙われるな。それがしが知らぬ事情がなければならぬ」

あかねは源兵衛の視線を避けるように不意に前を向いて歩き出した。

「向田源兵衛さんは騙されないわね、剣術といっしょで並みの腕前ではないわ」

「あかねどの、世間は広い。それがしの剣術など知れたものだ。まあ、あかねどのの虚言と同じくらいかのう、直ぐに見抜ける」

「参ったな」

と洩らしたあかねに、

「この山道には重吉などおるまい。正直に話さぬか、それがし、約定した仕事は果たすでな。だが、虚言のままではそなたの身を護ることはできぬ」

と源兵衛が言い返した。

あかねは前を向いて歩きながら不意に言い出した。

「向田源兵衛さん、私、用人さんの懐にあったものが金子ではなくて書付と承知していたの」

「それで一つ得心がいった。そなたほどの腕前の者が金子と書付を間違えるはずもない」

「これまで娘に掏摸を代わってくれなんて言ったことなかったお父っつぁんに願われたことなの」

「親父どのは書付の内容も承知であったのかな」

「いや、それほど詳しく知らないと思う。だって、私が掏り取ってきた書付を読んで驚いていたもの。わたしに書付を渡して読めと言った。源兵衛さんが推量したようにおっ母さんに三つのころから読み書きを習っていたの」

「母御も読み書きが堪能であったか」

「はい」

と答えたあかねがしばし沈黙したまま、急勾配になった山道を無言で下った。

するとそこに社殿が現れた。

「伊豆権現様よ、私は走湯権現と教えられたの」

「そなたが父と母に連れられて湯治に来たのはこの伊豆権現の郷か」

「こちらに来て」

あかねが長い石段の下に見える集落を差して教えた。

「この伊豆権現様の走湯に湯治に参り、ひと夏を過ごしたか」

あかねが頷き、

「あんな楽しい夏はなかったわ」

と懐かし気に昔を思い出したかのような表情でいった。

「本殿の祭神様はその名も伊豆祭神様よ。このまえであかねも嘘はつけない、源兵衛さん」

「聞かせてもらえぬか」

源兵衛の願いにあかねが頷いた。

「私が掏り取った用人の名は三橋太郎左衛門よ、主は名無しの浪人さんが言った寄合日比野伊豆守正勝という直参旗本よ」

「そなた、承知か、大身旗本日比野様を」

源兵衛の問いにあかねは長い沈黙で応えた。

「それがしの問いが嫌なれば答えんでもよい」

「おっ母さんは江戸深川の船問屋の娘だったの。お父っつぁんとは幼馴染み、おっ母さんは十五の歳に行儀見習いに日比野家に奉公に入った」

「なんと」

源兵衛には予想もしない展開だった。だが、それでは事は終わらなかった。

「十八の歳におっ母さんは実家に帰されてきた。その曰くは屋敷にて不行跡ありということだったの」

「不行跡とはなんだ」

「おっ母さんのお腹にはやや子がいたの」

「日比野家の家来と情けを交わしたか」

ちがう、と言ったあかねの両眼が涙で潤んだ。

「日比野家の若様、ただ今の殿様の子を宿していたの」

「なんということが」

「源兵衛さん、私は死んだおっ母さんと殿様の娘なのよ」

あかねが激しい勢いで吐き捨てた。

源兵衛はもはやなんとも応じられなかった。

「そんなおっ母さんをお父っつぁんが嫁にしてくれた。私が二つのときだって。こんな話を聞かせてくれたのはおっ母さんの実家のお婆様よ、死ぬ前に二人だけのとき、話してくれた。私が十五の折りよ」

源兵衛は瞑目してあかねの告白をなんとか整理しようとした。

「親父どのはこたびの一件、そなたの母御の仇討ちのつもりであったのであろう

「両替商の近江屋に書付をもって三橋用人が訪ねてくるなんてどうしてお父っつぁんが知ったか、私は知らないわ。いや、掏ったあとまで三橋用人が日比野家の家来だなんて夢にも考えてなかったもの」

「……」

「書付をお父っつぁんに渡して、その書付を読んだお父っつぁんが、『よし、これでおっ母さんの仇が討てる』と洩らしたとき、お父っつぁんは日比野家の仕打ちをずっと恨んでいたのだと気付いたの」

「あかねどの、そなたも書付を読んだと申したな」

「確かに読んだわ。だけどお父っつぁんほど、その内容が分かったわけじゃないの」

武家が認めたか近江屋なる両替商の番頭が認めたか、深い内容まであかねが分からないのは、源兵衛にも理解がついた。

「親父どのは書付を日比野家には返却しなかったのだな」

「しなかったから、私が日比野家の者に追われていると思わない」

「書付をあかねどの、今も身につけておられるか」

「まさか」

と言ったあかねが、

「伊豆権現様にお参りしましょうよ、源兵衛さん」

と誘った。

「それがし、あの二両の他は一文も持っておらぬ、賽銭がござらぬ」

「未だ日当も払ってないものね」

あかねが一朱を源兵衛に渡した。

「なに、一朱も賽銭箱に入れよと申すか」

「伊豆祭神様にあんな告白を聞いてもらったのよ。その程度入れてもいいんじゃない」

とどこかさばさばしたあかねも一朱を投げ入れて、源兵衛はしばし間をおいて賽銭箱に落とした。

「さて、どうしたものか」

「走湯権現の由来の御旅所まで下りましょう」

とあかねが源兵衛を誘った。

四

向田源兵衛は、横穴から噴き出す猛烈な湯の飛沫ともうもうとした湯煙に一瞬にして視界を奪われた。

「足元に気をつけて」

とあかねに注意されながら、入口からの光をたよりに手を取られて一間ほどなんとか穴の奥へと足を踏み入れた。だが、不意に体じゅうが熱気に包まれた。風が吹くと、飛沫と湯けむりの間から湯壺が見え、滔々と湯が噴出して溢れた湯が入口に向かって壁際に掘られた溝を流れていく。

「走り湯とはこれか」

「千年も前に役行者が見つけたのよ、伊豆山の人にとっては恵みの湯なの。だから、伊豆権現の何百段もの下の海際から噴き出す湯を走り湯と呼んで、伊豆山神社は走湯権現とも言うの、走り湯は伊豆山の人々の守り神なのよ」

　夏の光のもと、十国峠から伊豆権現、さらには海際の御旅所まで何百段もの石段を下ってきた二人の体から新たな汗が噴き出してきた。

「あかねどの、もはや走り湯は十分見物した、表に出ようではないか」

と源兵衛は願って、平然としたあかねの手を引いて穴の外に出た。すると海風が二人の全身の汗を吹きとばして、なんとも爽(さわ)やかな気持ちになった。

「おおー、これは極楽」

源兵衛は走り湯の前の海を見た。

「熱い湯が海に流れ込むゆえ、熱海というのかのう」

「熱海のことはね、ここは熱海のとなりの集落の伊豆山よ。でも、源兵衛さんの考えのとおりに熱海って熱い湯が海に流れこむ地という意だって聞いたことがあるわ」

源兵衛は眼前の相模灘に心身ともに洗われたような爽快(そうかい)な気持ちにさせられた。

「なかなかの見物であったな」

と源兵衛があかねを振り返ると、あかねの顔は走り湯が汗を流してくれたせいか、整った顔立ちの娘だと初めて気付かされた。

「かような経験は初めてじゃぞ。走り湯のせいかのう、あかねどのがかように美形とは思わなんだ」

「源兵衛さんは冗談もいうの」

「冗談ではないぞ、それがしも心身ともに清められ、蘇った気分だ」

と正直な気持ちを訴えた。

「走り湯に身をゆだねた人はだれもそういうわね。私の顔が美しくみえたとしたら、走り湯が悪い行いを一時だけ流してくれたからよ」

うむ、と源兵衛は得心した。

「ところでそなた、それがしを走り湯の見物に連れてきたのかな」

と質した。

あかねは黙って顔を横に振り、走り湯の傍らの細い段々を上り始めた。

伊豆山神社から下ってきた石段ではなかった。それより北側の崖に造られた急にして狭い段々だった。八間ほど上がったか、椿、山桃、松などが生えた生垣が源兵衛の視界をふさいだ。

あかねは自然の生垣を回り込み、源兵衛を案内していった。

すると生垣の間に一間幅の入口があって、畑が広がり、畑を見下ろす高台に一軒の平屋が建っていた。その縁側に一人の男が腰を下ろして二人を見ていた。

「お父っつぁん、元気」

あかねが呼びかけた。

（な、なに、掏摸の父親が熱海近くの伊豆山に）

と源兵衛は訝しく思った。

「あかねどの、この御仁はまさか掏摸の親玉ではあるまいな」

「掏摸の師匠にして、私のお父っつぁんよ。私が江戸を逃げ出したあと、お父っつぁんもこの伊豆山の隠れ家に逃げ込んで私がくるのを待っていたの」

「ま、待ってくれ。すると例の書付はそなたではなく親父どのが携えているということか」

「そういうことね」

と平然と応じたあかねは、

「沼津で会って以来、まともに食べ物も食べず、屋根の下にも泊まらなかったわね、今晩から温泉に入ってさ、ちゃんとした夕餉を私が作って源兵衛さんに食べさせるからね」

「このお侍さんがあかね、おまえをこちらまで送ってくれたというのか」

あかねの親父があかねに質した。

「そうよ、出合った経緯は源兵衛さんに、このお侍さんに聞いて」

と縁側に源兵衛を座らせると、あかねは慣れた様子で縁側から奥へと入っていった。

「それがし、向田源兵衛と申して浪々の者だ」

と前置きした源兵衛は、沼津の幾田道場での道場破りに失敗したあと、あかねに声を掛けられて以来の出来事を詳細に語った。するとあかねの父親が、

「ようもここまであかねを無事に連れてきてくれました、お侍さん、お礼を申します。父の弥平と申します。あかねが話したように女房が生きていた折りに一家で伊豆に湯治にきたことがございます。この家はその折りに湯治で使い残した金子で買い求めていた住まいでしてね、一家三人しか知らない家でございますよ。だが、重吉はわっしどもが熱海付近に隠れ家を持っていることを薄々感付いているかもしれませんや。それであかねに東海道を上って、追っ手がいるようなれば適当なところでまいて、この家に戻ってこいと言い、別々に江戸深川の住まいを出てきたんですがね、お侍さんの話によると重吉めが両替商の近江屋に垂れ込んで、銭にしようと考えやがったようですな。あいつを掏摸に引き込んだのはわっしのしくじりだ。あいつは銭に転ぶ極道掏摸だな」

と悔いを漂わした顔で言った。

「親父どの、あかねどのに掏らせた書付は未だそなたがお持ちなのじゃな」

「へえ」

「どうなさるお積もりか」

「わっしは直参旗本の日比野の家にはいささか恨みがございましてな」

「あかねどのの父親は寄合旗本日比野正勝じゃそうな」

「なんですって、あかねがそんなことまで、おめえさんに話しましたかえ」

驚きの声であった。

「お互い放浪をせねばならぬ曰くがあってのう、旅の間にあれこれと迷った末に真相を伊豆権現の祭神様の前であかねどのが話してくれたのだ。そなたら親子には日比野家に恨みがあるのは分かる。ところで、親父どのはなぜあかねどのに日比野家の用人の懐から書付を掏り取らせたな」

「へえ、書付ですがね、日比野の家を潰しかねない代物なんですよ。この一件、わっしらの仲間の筋から聞いて大雑把に承知しておりましてね、で、あかねに亡き母親の仇を討たせてみようと考えたんですよ。だが、どう書付を遣えばよいか、未だ考えがつかないんでございますよ」

と応じた弥平が、家の仏壇の陰から一通の書付をもってきて源兵衛に差し出した。

「それがしが読んでよいのか」

「あかねは人を見る眼はもっておりますよ。そのあかねが信頼を寄せたお侍だ。なにより道中で命を張ってあかねを伊豆山まで連れてきてくれたんだ。この書付を読む資格はありそうだ」

と言い切った。

源兵衛は、書状を披いた。いきなり、

「譜代直参旗本三千百五十石日比野家家禄譲渡状」

とあった。

「なに、日比野家は直参旗本の権利をだれぞに売り渡す心積もりか」

「当代の日比野の殿様はあかねのおっ母さんを孕ませたくらい女好きでしてね、公儀の上役の側室とも懇ろになったことを亭主に知られてしまいましてな、家禄を譲るか切腹せえと脅されておるのですよ」

「公儀の上役とはだれだな」

「大目付でしてな、そのお方が本気になればなんでもできましょうな。つまりは日比野の殿様は家禄をその大目付の次男に譲り、一族は屋敷を出ていかざるをえないって算段なんですよ。日比野の殿様も考えたようで、この譲渡状を両替商近江屋にて売り渡し、大目付の眼の届かないところに逃げようと考え、用人に近江屋に交渉させせたってわけだ。ところが近江屋とて、こんな危ない譲渡状などに大金を払いたくない、物別れになった瞬間、あかねが掏り取ってきたんでさ」

「江戸では直参旗本の株を売り買いできるのか」

「お侍さん、むろん公にはかようなことはできませんや。だが、日比野の殿様より大目付のほうが格上だ、その側室に手を出した日比野の殿様の家の蔵には千両箱なんぞ絶えてない、それに札差に禄米を何年も先まで抑えられていますのさ。そんな浅知恵をあかねが潰した」

「日比野正勝という御仁、あかねどのが実の娘と承知していようか」

「知りますまいな。なにしろ女狂いは尋常じゃない、殿様の知らない倅や娘はあかねの他にも数多おりましょうぜ」

向田源兵衛は譲渡状を詳しく読む気をなくした。

「で、親父どのはどうすればよいと思われるな」

「日比野の屋敷はもはや潰れたも同然だ。こんな書付があったところでなんの役にも立たない。わっしらに纏わりつかないでくれればそれでようございますのさ」

あかねの養父が源兵衛に相談するように答えた。

「書付を掏り取って仇を討とうなんてことを、お父っつぁんは考えたようだけど、馬鹿くさいわね」

と二人の問答を台所で聞いていたか、あかねが酒の菜と貧乏徳利を下げて縁側に戻ってきながら話に加わった。

「日比野の家を狼狽させたことで親父様の恨みは消えたと思わぬか」

「まあね。でも、浪人者まで雇って私を追いかけさせているのよ」

あかねが父親と源兵衛に茶碗をもたせて貧乏徳利から酒を注いだ。

「お腹が空いているでしょう。今晩は地魚をたっぷりご馳走するわ」

「それは有難い。さて、譲渡状の一件、どうしたものかのう」

と言った源兵衛は手にした茶碗酒を口に含んで思案した。

「親父どの、もはやこの譲渡状、いかように使おうとよいのかな」

「お侍が申されたようにあかねが掏り取ったことで、もはや一件落着ですよ」

「例えば日比野の殿様に返却してもよいのかな」

「最前も言いましたが、わっしら親子に纏わりつかなければね」

と親父が応じた。

「日比野の殿様が熱海に来る当てはあるのだな」

「重吉が沼津から小田原に走り戻ったわ。としたら、明日にも熱海に来ても不思議じゃないと思うけど」

「宿は分かるまいな」

源兵衛の問いにあかねが、

「熱海じゅう探したって宿の数は知れているわよ」

「いや、探し歩く要はない、日比野の殿様は金もないくせに見栄っ張りだ。宿の前に必ず『直参旗本日比野伊豆守正勝宿舎』と麗々しく貼り紙をさせまさあ」

と親父が言った。

「よかろう、ならばこの譲渡状、それがしが預かってよいか」

「えっ、源兵衛さんが相手に渡してくれるの」

「相手は貧しておる上に見栄っ張り、そなたら親子から金銭を絞りとるくらいのことは考えておろう。それがしが、日比野の殿様に釘を刺したうえで返却するのはどうだ」

親子がしばし沈思した。

「日比野家はいずれこの譲渡状がなくとも潰れよう。大目付どのの妾どのの一件があるからな。それまでそなたらはこの伊豆山でひと夏を過ごされよ。日比野家断絶のあと、江戸に戻ってな、掏摸稼業を再開されればよかろう」

と源兵衛が親子を説得するように言った。

「日比野の家は潰れるの」

あかねが源兵衛に質した。

「直参旗本の役目はなんだな、女奉公人や朋輩衆の妾に手をつけることか。天下万民のために御用を勤める、お武家様がこの本分を忘れたらもはや直参旗本ではあるまい」

あかねが首肯した。

「私にはいいお父っつぁんと悪いお父っつぁんがいるのよね」

「悪い父御は浪人者を雇い、知らぬとはいえ実の娘を襲わせた」

「いいわ、源兵衛さんのお手並拝見よ、その書付を好きなように使って」

「相分かった。熱海に日比野の殿様が到着次第、それがしが一筆書いて約定の場で会う、それでよいか」

「一つ条件があるの」

「なんだな」

「その場に私を立ち合わせて」

「それがしが信用できぬか」

「違う」

とあかねがはっきりと答えた。

「私、おっ母さんを苦しめた日比野の顔が一目見たいだけよ」

「相分かった」

と源兵衛が応じて、あかねの親父が茶碗酒を一口飲み、

「あかね、掏摸稼業も辞めどきかもしれねえな。おっ母さんの菩提を弔いながら、この家で暮らさないか」

と言い出した。

「悪くない考えだわ」

「掏摸稼業をせぬとも暮らしていけるのかな」

「親子が地味に暮らせるくらいの仕事はしてきましたからね」

と親父が言った。

翌日の深夜九つ(午前零時)、伊豆権現の本殿前の暗がりに源兵衛とあかねは

座していた。

十三夜の月が淡く権現社の境内を照らしていた。また境内には石灯籠(いしどうろう)が灯りを放っていた。

九つ半（午前一時）、石段に五つの人影が上がってきた。

石段を上がったせいで、五人が弾んだ息をしていた。

「この権現社で間違いないな」

日比野伊豆守正勝と思える人物が用人の三橋太郎左衛門に質した。

「呼び出し状にははっきりと伊豆権現社本殿前とございました。刻限は九つ半です」

その声を聞いた源兵衛が、

「あかねどの、この場を離れてはならぬ」

「分かったわ」

向田源兵衛はなぎの木の葉陰を伝い、五人の前に姿を見せた。

「何者か」

三橋用人が質した。

「それがし、とある娘の代理人でな」

「なに、騙しおったか」

「用人どの、先走って慌てるではない。そちらが直参旗本寄合日比野伊豆守正勝どのにござるな」

と日比野正勝と思しき人物に源兵衛が声をかけた。

「いかにも、日比野じゃ」

「それがし、そなた方がお探しの書付を持参しておる。これにな」

と懐から譲渡状を出して見せた。

「いくらで売り渡す所存か」

ふっふっふふ

という源兵衛の笑い声が伊豆権現社の本殿前に響いた。

「この譲渡状を江戸室町の両替商近江屋にいくらで買い取ってもらう所存であったな、三橋用人」

「な、なんと」

「譜代の日比野家にようも江戸から熱海に参る路銀があったな。熱海峠で待ち伏せしていた浪人者の雇い料は一人頭三両であったたな。そなたら、前払い金を頂戴したか」

源兵衛が二人の刺客に話しかけた。

「なに、家禄が三千石だ、譜代だと威張ったくせに懐に金子がないのか」

一人の刺客が三橋を見た。

不意にもう一人が、すすっと間合いを詰めながら抜き打ちで源兵衛の胴に迅速の剣を放った。

あかねは、沼津の幾田道場と同じく、いつ源兵衛が刀を抜いたか夜目には分からなかった。だが、悲鳴を上げた刺客の一人が刀を取り落として右の手首を左手で支えた。

「ちくしょう！　あかねはどこにいやがる」

重吉が叫びながら匕首（あいくち）を突き出して源兵衛に迫った。だが、はや源兵衛は刀を構え直すと匕首をもつ右手の腱を斬り放っていた。

絶叫が響いて、もう一人の刺客がその場から逃げ出し、手首を斬られた刺客もよろよろと仲間を追った。

「さあて、ここからが相談じゃ」

と言いながら血振りをした源兵衛が刀を鞘に納め、

「日比野どの、こちらを確かめられよ。そなたが認めたのだ、本物か偽書かくらい区別つこう」

と言いながら渡した。信じられぬ体の日比野が書付を掴み、石灯籠の灯りに寄って確かめ、

「いかにもほんもの、そのほう、この文面読んだか」

と質した。

「むろん、代理人としては幾たびも読んだ。ゆえに大目付某どのの姓名も頭に刻んでおる。そのほうら主従が掏摸親子にこれ以上纏わりつくならば、それがし、大目付どのに仔細を報告いたす」

「ま、待て」

と三橋用人が言った。

「なんだな」

「そのほう、金は強制せぬのか」

「人間だれしも卑しい者ばかりとは限らぬわ。日比野どの、その書付、しかと返した。これまでの出来事全て忘れることができるな」

「しかと賜わった」

「ならばこの足で江戸に向かわれよ。重吉はそなたらが連れていかれよ」

と源兵衛が命じた。

伊豆権現社に源兵衛一人が残った。いや、しばらくするとあかねが出てきて、

「源兵衛さん、有難う」

と礼を述べた。

「なあに大したことはしておらぬ。送って参ろうか」

「えっ、源兵衛さんも一緒にお父っつぁんの家に戻るんじゃないの」

「用心棒の務めは果たしたでな」

「家には戻らないというの。仕事代も払ってないわよ」

「いや、十分に頂戴した。熱海峠で説明してくれた殴られ屋の話な、明日から試しながら江戸に向かう。めし代さえ稼いでいけば飢え死にせぬとも江戸に辿りつけよう」

「私、独りで家まで戻れるわ、伊豆権現のお神様が守ってくれるもの」

とあかねが言った。

あかねに頷いた源兵衛は、最後に十三夜が照らす相模の内海を眼にとめて小田原への道を歩き出した。

「源兵衛さん、有難う」

あかねの叫び声に涙が籠っていることを源兵衛は感じながら、夜道にただ足を速めた。

第五話　半日弟子

一

御家人にして研ぎ師の鵜飼百助（うかいももすけ）は、馴染み客の居合術師匠に研ぎを願われた無銘の刀の仕上げをしながら、

（刀の研ぎを爺様に習って五十年がとっくに過ぎたな）

と想いに耽（ふけ）っていた。

研ぎの間は無心に没頭することを研ぎの名人の祖父、鵜飼萬吉（まんきち）に叩き込まれてきた。この居合刀は弟子たちに居合のコツを教えるために青竹や古畳を斬って見せるので、定期的に手入れが要った。百助が爺様に、

「こいつを研いでみよ」

と初めて客から預かった刀を実践で研いだのが、この居合術の稽古刀であった。以来、何十年もの付き合いであり、この使い込まれた刀の研ぎを二代にわたって繰り返してきた。居合術の稽古刀ゆえ人を斬った履歴はない。だが、竹や古畳を斬るために居合術独特の偏った、

「クセ」

と

「キズ」

が出た。そのクセとキズを何十年と繰り返し直してきたゆえ、つい昔のことを思い出したのであろう。

百助が初めて研ぎを萬吉に教え込まれたのは七つか八つの歳だ。

父親は萬吉に命じられて川向こうの研ぎ師のもとで修業をしていた。ゆえに孫の百助は爺様に刀の研ぎを習い始めたのだ。

萬吉は百助がこの居合術の刀の研ぎを命じられて十年後の師走(しわす)に身罷った。川向こうに他人の飯を食うために修業に行かされていた父親も、その数年前に流行病が原因で亡くなっていた。

名人研ぎ師の萬吉が亡くなった時から御家人鵜飼家の研ぎ仕事は、十八歳の百

助が継いできた。だが、最初は、研ぎを受けた刀を傷つけることもあり、持ち主の武家方に怒鳴られ、時に金子でしくじりを贖ったこともあった。

十年余の独り修業ののち、名人の萬吉の血筋と技量を受け継いだ百助は、江戸の剣術家の間に、

「本所吉岡町の鵜飼百助は名人の祖父萬吉の研ぎの技を超えた」

とか、

「天神鬚の研ぎにかかった刀を腰に差すのが武家の誇り」

などと言われるようになる。

百助は同じ南割下水の御家人の娘の克乃を嫁に貰ったが、子が生まれなかった。そこで遠い縁戚の五十吉を養子に貰いうけ、跡継ぎにと自らの手で教え始めた。五十吉は律儀に研ぎの技を学んだが、研ぎ師としての才に一つ欠けていた。そこで仲間の研ぎ師のところに修業に出して数年後に、克乃が懐妊して実子、次男になる信助が生まれた。

百助三十七歳の折りの子だ。

信助にも研ぎ仕事を教えこもうとしたが、信助はすでに名人気質にして偏屈の親父を嫌い、北割下水の屋敷を出ていった。

長男の五十吉が百助のもとに戻ってきて手伝いをしてくれた時期もあった、また二十歳になった信助が、

「親父、おれに研ぎ仕事を教えてくれ」

と吉岡町に戻ってきて願ったことがあった。

百助の眼から見れば、五十吉はそこそこの研ぎ師、信助とて、

(おれが生きている間に一人前の研ぎ師になるかどうか)

と思っていた。

鵜飼萬吉の達人技を百助の二人の子は会得できまい。されど鵜飼家の研ぎ仕事を絶やさずに継承していけば、何代かあとに研ぎ名人が生まれるかもしれない、鵜飼家の技をともかく倅たちに受け継がせることだと百助は思っていた。

そんな過ぎし日のことなどを想いながら居合術に使われる無銘の刀のクセとキズを直し終えた。

貧乏徳利を内側にぶら提げた戸が開けられる気配があって、

「刀剣研師　鵜飼百助」

の敷地に足を踏み入れた者がいた。

百助は初めての客ではないな、と思った。

敷地は母屋と研ぎ場を省いてその周りに木々が鬱蒼と茂っていたが、訪ね人は西側の一角にある研ぎ場に迷いなく歩いてきたからだ。初めての者ではそう易々と研ぎ場に辿りつけない。

「ご免くだされ、お呼びにより参上いたしました」

と長閑な声を聞いて、

（おお、深川六間堀町の裏店に住む鰻割きか）

と思った。

「入りなされ」

と百助にしては丁寧な言葉で応じた。

「ご免」

と研ぎ場に入ってきたのは、果たして神保小路の直心影流佐々木玲圓道場の門弟にして、六間堀と五間堀が合流する河端に暖簾を揚げる、鰻処宮戸川で朝の間鰻割きをして生計を立てるという坂崎磐音だった。

百助が磐音と知り合ったのは包平の研ぎを頼まれたことが切っ掛けだ。

なんと浪人者が古備前三平と評される助平、高平、包平の一剣、大包平の研ぎを持ち込んできたのだ。その名刀もさることながら、この包平は数多実戦の場で使われていることが研ぎ師百助には察せられた。だが、刃に血なまぐささなど一切残ってなかった。

当人はゆったりとした風姿とのんびりとした挙動の持ち主であった。刀の履歴と持ち主の気性がそぐわないと思った。だが、この大包平を使いこなしてきた人物こそ天神鬚のもとへ持ち込んだ当人ということを百助は知ることになる。

迂闊にも鉄瓶(てつびん)を斬り込んで刃こぼれしたという包平を研ぎ直して一月もしないころ、坂崎磐音の知り合いという品川柳次郎をとおして坂崎磐音を呼んだのだ。

「そなた、あれこれと頼まれ仕事をなすようじゃな」

「はい」

「わしの頼みを聞いてくれぬか」

「畏(かしこ)まりました」

と二つ返事で坂崎磐音が応じた。

「仕事の内容を聞かぬか」

「鵜飼百助様の仕事なればなんなりと受けとうございます」

「半日、わしの弟子になれ」

「ほう、たった半日だけの研ぎ師名人の弟子にござるか」

「嫌か」

「応諾の返事は最前申し上げました」

「用心棒じゃぞ、事と次第ではそなたが死ぬことになるかもしれん」

「それは大変な仕事でございますな」

磐音の返答は淡々としていた。

「断ってもよいぞ」

「いったん引き受けた仕事は最後までやり通しとうございます」

「よかろう。倅の仕事衣じゃ、あれに着替えてな、刀は一本差し、包平だけでよかろう。その代わり、二本の研ぎ終えた刀を携えてもらう」

「畏まりました」

返事をした磐音は研ぎ場の隅で、倅が着ていたという作務衣のような筒袖の白衣に着替えた。

「上着の下に帯をいたさばそなた自慢の包平が差し落とせよう。いささか珍妙かもしれぬが、わしの弟子の形だ」

天神鬚の百助が磐音というより己を納得させるように言った。そして二本の研ぎ終えた刀を刀袋に入れて磐音に渡した。

菅笠を被った百助が母屋に向かって、

「出かけて参る」

と叫ぶと女の声が返事をした。

声音から推察して百助の女房かと、破れ笠の紐を締めながら磐音は推量した。

砂を入れた貧乏徳利の戸を引いて百助を最初に通した。北割下水と南割下水の間を流れる横川に向かいながら、

「一本は最前研ぎ終えたばかりの、抜刀術の家に伝わる刀でな、わしが爺様から最初に研いでみよと仕事を任された剣だ」

と磐音が携える剣について百助が語った。

「抜刀術とは居合術でございますか」

「林崎夢想流であったかのう、先代の師匠の折りからの付き合いゆえ、四十有余年の研ぎを繰り返してきたかのう。そなた、居合術はどうだ」

「それがし、剣術の師は二人だけにございます。一人はわが国許におられる神伝一刀流の中戸信継先生、それに神保小路の」

「直心影流佐々木玲圓先生であったな」

「いかにもさようです。二つの流儀には格別居合術の教えはございません。研ぎ

の師匠に申すのもいささか不遜とは存じますが、どの流儀にも抜刀の技はございます。幼き折り、仲間同士で居合術の真似事をして遊んだ程度にございます」

「そのほうの剣術を居眠り剣法と呼ぶそうな」

磐音は先をすたすたと歩く鵜飼百助に驚きの声で正した。

「佐々木玲圓先生の教えは飽くまで直心影流にございます、居眠り剣法などございません」

「そなた、そう頑なな考えをなすや」

と後ろを振り返り、天神鬚の百助が言った。

「何事もな、一芸に秀でた技にさような異名がつく。じゃが、そなたの場合、人柄かのう」

と言った百助が歩き出し、横川の河岸道に出た。百助は、河岸道から横川を眺め下ろし、北割下水の東口に泊まっていた猪牙舟の船頭に、

「おい、悟助、半日つき合え」

と命じると返事も聞かずにすたすたと石段を下りて猪牙舟に飛び乗った。

「最初の客が天神鬚のじい様か、ついてねえや」

と答えながらも若い船頭が嬉し気に、舫い綱を外そうとして白衣姿の磐音に気

付いた。

「天神鬚に弟子がいたか、あんまりよ、厳しいてんで弟子は三日と持たず逃げ出すそうじゃねえか。新しい弟子も三日の口か」

「いや、半日だけの弟子じゃ」

船頭の悟助と百助が問答を交わし、磐音は、

「船頭どの、半日お付き合い願いたい」

と破れ笠の縁(へり)を上げた。

「おや、おめえさんはよ、宮戸川の鰻割きの浪人さんじゃねえか。鰻の割き方から研ぎ方に鞍替(くらが)えか」

と磐音を承知か、悟助が訊いた。

「悟助どの、師匠も申されたとおり半日だけの弟子にござる」

と答えながら磐音は猪牙舟の舳先に乗り込んだ。

「悟助、川向こうの御米蔵八番堀から蔵前通に架(か)かる天王橋を潜ってくれぬか、福富町の道場に参りたい」

と命じた百助が、

「そなた、どうやらこの界隈では名が知られているようだな」

と磐音に問うた。

「天神鬚の先生よ、金兵衛長屋の浪人さんをこの界隈で知らねえ者はいねえよ。先生よ、半日だと日当も高いぞ」

と悟助が言い、

「おお、日当は決めてなかったな」

と百助が答えた。そのうえで、

「そなたの働きを見てにしよう」

と己に言い聞かせるように言い添えた。

「あれだ、ただ働きさせようというんじゃねえよな」

若い船頭が磐音に代わって注文をつけた。

「まあ、相手が相手じゃ、先方次第で悟助の舟賃も半日弟子の日当も決まろうな」

と他人事のような返事をした。

「鰻割きの旦那、おめえさんは両替商の今津屋に出入り勝手と聞いたぜ。なにもよ、深川本所界隈にさ、くすぶってねえでよ、川向こうで気楽に暮らせばいいじゃないか」

舟はいつの間にか横川から竪川に入っていた。

「なに、そなた、両替商筆頭の今津屋に出入りをしておるのか」

「鵜飼先生、あのような大店にはあれこれと雑多な仕事がございます。それがし、品川柳次郎どのらと、さような日雇いをこなしているだけでございます」

と磐音が答えたとき、

「おい、浪人さんよ、なんだい、その形は」

宮戸川の小僧幸吉が目敏く磐音を見つけて問い質した。どうやら出前に行った帰りのようだ。

「幸吉どの、曰くがあってな、それがし、本日は研ぎ師鵜飼百助様の弟子じゃ。みなに言いふらさんでくれぬか」

と願った。

幸吉が猪牙舟を徒歩で追いかけながら、

「天神鬚の研ぎ代は高いと聞くぜ。いいか、一日日当だがな、五百文はもらえよ」

と命じた。

「相分かった、師匠」

と思わず磐音が返事をし、その返事に安心したか幸吉が足を緩めた。すると船頭の悟助が、

「御家人の品川柳次郎さんに聞いたがよ、浪人さんは金儲けが上手だか下手だか分からないそうだな。一体どっちなんだ」

と質した。

「船頭どの、金儲けか、当人にすらさっぱり分からぬな」

「まあ、鰻屋の小僧に案じられているんだ、どうやら下手の口だな」

と悟助が推測をつけた。

鶉飼百助が磐音のほうににじり寄り、

「坂崎磐音、そなた、西国の大名家の重臣の嫡男と柳次郎に聞いたが、深川で裏店暮らしをなす曰くがありそうじゃな。なにがあったな」

と船頭の悟助に聞こえぬように小声で尋ねた。

「本日の半日弟子と関わりがございますか」

と磐音が問い返した。

「それはない。ゆえに差し障りがあるならば話さんでよい」

磐音はしばし迷った末に鶉飼百助に頷き返して話し出した。

関前藩の藩名などは告げずに、江戸の勤番を終えた仲間三人が藩政改革の希望を胸に国表に戻った数日の悲劇を淡々と語った。

その間に舟は竪川から大川の流れに移り、両国橋に向かって斜めに遡上した。猪牙舟の傍らに魚が飛び跳ねた。

「なんとさような哀しみがそなたの茫洋（ぼうよう）とした顔の下には隠されておったか。わしとしたことが、迂闊にも他人様の生き方を軽々しく問うてしまったわ、すまなかった」

と鵜飼百助が頭を下げて詫びた。

磐音はただ顔を横に振った。

「坂崎どの、聞きついでじゃ、そなたの許婚はどうしておる。答えたくなくば答えんでよい」

「師匠の問いにございます。奈緒はただ今白鶴花魁と名を変えて吉原奉公をしております」

天神鬚は白鶴花魁のことを承知か、

「なんとあの白鶴がそなたの許婚であったか」

と最前以上に新たな衝撃を受けていた。

「うーむ」

天神鬚が呻いた。

しばし二人の間に沈黙があった。

その沈黙は互いの胸中を思いやる沈黙であった。

「さようなそなたに軽々しくもわしの半日弟子になれなどと頼んでしもうたわ」

と後悔の言葉を口にした。

「それがし、品川柳次郎どのや竹村武左衛門どのらと雑多な貰い仕事をしながら生きておる半端者です。鵜飼先生、さような懸念はご無用に願います」

と磐音が鵜飼百助に願った。

瞑目した百助が口を開いた。

「わしは持ち主の人柄を推量しつつ、刀を研いで参った。これから参る浅草福富町の居合術道場はな、そなたの剣術の技量に比べれば、大した腕ではあるまい。だがな、わしが研ぎ終えた無銘の剣には、二宮作兵衛(にのみやさくべえ)どのの人柄と日々の鍛錬の模様が映し出されておる。わしは二宮家と二代続けて付き合うてきたが、親父どのも真摯な剣術家であった。剣を志す者、百人おれば百とおりの想いが刀に込められておろう。強い弱いだけでうんぬんするのは愚の骨頂、使われた刀そのものの意味合いにその者の魂胆が滲みでるものよ。当代の二宮作兵衛の居合術の研鑽(けんさん)といっしょにな、鵜飼百助も研ぎの腕を少しずつ上げて参った」

「鵜飼先生、それがし、二宮先生にお会いするのが楽しみでございます。本日、ようお誘いくださいました」

「まずは一本目の研ぎ刀は気持ちのよい届け先よ」

と百助が謎めいた言葉を吐いた。

二

磐音は、浅草蔵前通と大川に挟まれて巨大な御米蔵が八つの堀に分かれて存在することは当然承知していた。だが、南側の八番堀と三河岡崎藩の下屋敷の間に水路がぬけて、それが鉤の手に曲がり、蔵前通の天王橋が架かり、さらに西へ進むと右手に浅草福富町なる町屋があって、居合術を教える二宮作兵衛の道場があるなどとは、全く知らなかった。

神田川に架かる浅草橋を挟んで、親しく出入りを許された両替商今津屋が南側にあり、二宮道場とはさほど遠くはないにも拘わらず、磐音は噂にも聞いたことがなかったのだ。

改めて江戸は広く、深いと思わされた。

船頭の悟助を猪牙舟に残し、磐音を従えた鵜飼百助は慎ましやかに二本の柱が建っただけの門を潜ると、稽古の気配が伝わってきた。

道場はかなりの年季を経た建物で、軒先が突き出た玄関先に履き物が十足ほどきれいに揃えてあった。

百助が声をかけることもなく道場に通った。しばし迷った磐音は、

「なにをしておる、上がれ」

と振り返った百助に命じられ、玄関先で一礼すると二宮道場に入り、こちらも慎ましやかな神棚に再び拝礼した。

顔を上げて道場内を見廻すと、広さ五十畳の板の間の道場で門弟たちが思い思いに稽古をしていた。

「おお、天神鬚の先生か。なに、手入れの終わった刀を届けに参られたとな、恐縮至極じゃな」

稽古着姿の痩せた二宮作兵衛と思しき人物が鵜飼百助に声をかけた。歳は鵜飼百助より十歳は若いと思えた。

「もう一軒届け先があってのう、ついでゆえ届けに参った」

と応じた百助が磐音を振り向いた。

磐音は二本携えてきた刀の一本、白い布地の刀袋に入った一剣を百助に差し出した。

「おや、新入りの弟子か」

にやりと笑った二宮が、何日もつかのうというように磐音を見て、訝しい表情を浮かべた。だが、なにも磐音には問いかけず、百助から己の稽古刀を受け取った二宮が袋から取り出すと、それまで腰にあった刀を抜いて研ぎ上がったばかりの刀に代えた。

すると十人ほどの門弟たちが壁際に下がって、師匠の行動を見る体をとった。

磐音は、腰の包平を抜くと手にしていた一剣といっしょに門弟衆が下がったのとは反対側の板壁に控えた。

鵜飼百助は神棚の下に立ったままだ。

「鵜飼先生、拝見いたす」

百助に許しを乞うた二宮作兵衛が道場の真ん中に立つと、居合抜きの構えをとった。さすがに研ぎの名人鵜飼家と代々付き合いがあるというだけに、

（年季の入った構えだ）

と磐音は感じ入った。

二宮はまずゆったりと刀を抜いた。

刃渡り二尺二寸余の刀でも、腰からゆっくりとした動作で抜くのは素早く抜くよりも難しい。だが、二宮の腰、足の構え、手の動きは滑らかで、抜き上げた刀を再び鞘に仕舞った。そんなゆったりとした動きを五、六度ほど繰り返すと、門弟に視線を送った。

すると若い門弟二人が素早く動いた。

道場の片隅にあった台座を持ち出す者、径三寸余の青竹を台座の孔に差し込んで立てる者と、言葉はなくとも師弟の間に意が通じて、たちまち道場の真ん中に青竹が立てられた。

二宮は鵜飼百助の研ぎを確かめるために青竹を切るのかと、磐音は期待に満ちた視線を道場主に向けた。

青竹に正対した二宮作兵衛が呼吸を整えるように間を置き、なんの気配もなく一気に抜き上げると青竹の先端から一尺下を切り上げ、刀をくるりと返すとこんどは切り下げた。

なんとも滑らかな動きで見事だった。

門弟衆は一切無言で師の術を眺めた。

一方、師匠は青竹を切った長年使い込んだ稽古刀の鋩から物打ち付近を仔細に眺めて、鵜飼百助を振り返った。

「研ぎ手入れ、いつもながら魂が籠っておるな、天神鬚の先生」

と静かな口調で言い、百助が満足げにこくりと頷いた。すると二宮作兵衛が、

「竹を替えよ」

と命じた。

さらに切れ味を試すつもりか、と磐音が見ていると、

「天神鬚の先生、どうだ、やらせて見ぬか」

と話しかけた。

「なに、わしの弟子にそなたの真似をさせよというか」

二宮は磐音に居合抜きをやらせようというのか。

磐音は驚いた。

「天神鬚の先生が手入れに出した刀をうちに届けてくれたことがこれまであったか。ましてや弟子まで従えておる。なんぞ魂胆があるに相違ない」

と質した。

「うーむ、確かにこの者は半日弟子でな、伴ったにはわけがある。このあと、半蔵御門外麴町のさる大身旗本屋敷に手入れが終わった粟田口(あわたぐち)一竿子(いっかんし)忠綱(ただつな)を届けに参るところよ」

「おお、あの評判悪しき御仁かな、ようもあの者の研ぎを天神鬚が受けたな、こちらが驚きじゃ」

「わしが留守した折りに倅に押し付けていきおったのだ。刀はいいが、遣い手は根性がねじ曲がっておるな」

「それで新参者の半日弟子を従えてきたか、考えたな」

二宮作兵衛と鵜飼百助の代々の付き合いの長さを示した長閑な問答で、なんとなく磐音の供を理解しあったようだ。

「ということだ」

と応じた鵜飼百助が、

「居眠り、どうだ、二宮先生の誘いを受けてみぬか」

と磐音に話しかけた。

「師匠、それがし、こたび刀持ちと思うておりました」

「かような機会は滅多にないぞ」

　鵜飼百助が唆(そそのか)すように磐音に言った。

　磐音は二宮作兵衛に視線を向けると、

「二宮先生に申し上げます。それがし、居合術を学んだことはございません。先生の前で拙(つたな)い技を披露するなど、さような勇気は持ち合わせておりません」

　ふっふっふふ
　と笑った二宮が、

「何事も恥を掻いて、技を磨くというものではないか」

　とこちらも半日弟子に関心を持ったか勧めた。

「いかにもさようと心得ますが」

「そなたくらいの一芸に秀でた者ならば、慣れぬ抜き打ちくらいやってのけよう。そなたの刀に傷がつけば師匠に研ぎを願えばよかろう。それとも手入れが終わったこの稽古刀を遣ってみるか」

　と二宮作兵衛が腰の一剣に手をかけた。

　磐音は二宮が磐音をなんとなく承知かと感じた。

「二宮先生、それがしの刀にて結構です」

磐音は覚悟せざるをえないと思った。

最初から鵜飼百助が磐音にかような真似をさせようとしたのではないことは、二人の問答で察せられた。磐音の出番があるとしたら半蔵御門外麴町の旗本屋敷であろう。どうやら事の成り行きでこうなったのだ。

磐音は包平を手にすると神棚に向かい、一礼すると道場の中央に出た。するとそこではすでに新たな青竹が台座に立てられていた。そして、二宮作兵衛が磐音の動きを傍らから見ていた。

門弟たちは研ぎ師の仕事着白衣を着た鵜飼の弟子を興味津々に見て、何事か話し合っている者もいた。

「そなたの刀は大業物じゃのう」

と二宮が磐音の手にした刀に視線をやって問い、

「この者の差料(さしりょう)は古備前三平の一、刃渡二尺七寸の大包平よ」

と鵜飼百助が答えた。

「なに、大包平の持ち主か。ううーん、大業物(おおわざもの)で抜き打ちか、滅多になき見物じゃな」

と二宮が洩らし、門弟の間にざわめきが起こった。

磐音は青竹の前に立ち、仔細に竹の節を頭に刻み込んだ。そのうえで、

「二宮先生、門弟衆に申し上げます。居合術とは申せぬ我流の技にござればお目汚しお許しくだされ」

と願い、するすると青竹から三間ほど間合いをとった。

磐音は豊後関前藩の中戸信継道場に入門したころ、朋輩の小林琴平や河出慎之輔と遊び心で試みた抜き打ちの動きを久しぶりに脳裏に思い描いていた。

むろん、どの流派流儀にも万一の実戦に備えて、迅速に相手に対応するような抜き打ち技術は教える。だが、神伝一刀流、直心影流の基にそった対応であって、林崎夢想流のように居合術の技と形にそったものではない。

磐音も今は亡き朋輩と抜き打ちの速さを競った昔を思いつつ、心を無にした。

しばし沈黙の間が二宮道場を支配した。

息を吸い、吐いた。

次の瞬間、磐音が青竹へ向かってゆっくりと歩を進めた。両手はだらりと両脇に垂らしたままだ。

間合い一間を切ったとき、磐音の右手が腹前を走り、左手は大包平の鍔と鞘元を押さえて鯉口を切る音が道場にかすかに響いた。

直後、二尺七寸の大包平が光に変じて円弧を描いて青竹の上部を斬り放ち、さらに青竹の横手に回り込んだ磐音の刃が斬り下げ、背後に回ったときには再び切り上げて、最後に残った青竹の上に大包平の刃を、

ぴたり

と止めていた。

二宮道場から人の気配が消えたように思えた。

磐音が静かに包平を鞘に納め、二宮と鵜飼百助が並んで立つ場に向かって一礼した。

二宮がようやく口を開き、

「天神鬚の先生、本日の手入れ賃はなしじゃぞ、肝っ玉を冷やされて金玉も縮み上がったわ」

と百助に言った。

「せ、先生」

と沈黙の門弟衆の一人が叫んだ。

「どうした、四之助(しのすけ)」

「そ、それがし、このお方を存じ上げております」

「三田村四之助、神保小路直心影流佐々木玲圓先生の高弟どのではないか」

「先生もご存じでしたか」

「形がいささか妙ゆえ、当初は分からなかった。いつぞや両替商筆頭の今津屋の店先でな、幾人かの不逞の輩を突き出された手並みを見たことを途中で思い出したのだ、まさか天神鬚の先生、わが道場に嫌がらせではなかろうな」

「曰くは最前申したとおりじゃ。いかにもこの者」

　と言いかけた百助が磐音を見た。

「深川六間堀の裏店に住まいします坂崎磐音にございます。本日は鵜飼先生の半日弟子ということで刀持ちと思うておりましたゆえ、名乗りもせずに大変失礼をいたしました」

　と磐音が百助の言葉に言い継いだ。

「この者、神保小路では居眠り剣法の遣い手として知られておるらしい」

　とさらに天神鬚が言い足した。この日の鵜飼百助はえらく饒舌で、日ごろ仏頂面で口を利かぬことが信じられなかった。

「居眠り剣法とな、佐々木先生は門弟がさような剣法を名乗ることを許されたか」

二宮作兵衛が疑問を呈した。

「この者が言い出したことではないそうな。西国の国許の剣術の先生がな、『まるで春先の縁側で日向ぼっこをしながら居眠りをしている年寄り猫』のような剣風と評されたのが始まりじゃそうな、だいぶ昔のことよ。佐々木玲圓様も最初のこの者の師匠の考えを得心しておられるゆえ、そのような異名が道場内に広まったのではなかろうか」

百助がだれから聞いたか、そんなことまで披露した。

「日向ぼっこをしながら居眠りしている年寄り猫か、ううん、言い得て妙かもしれぬ」

と二宮が唸った。

「二宮さんや、わしはご一統が承知のとおり、本所北割下水の一介の研ぎ師よ。剣術遣いの腕前がどれほどのものか、上手になればなるほど分からぬものよ。だがな、わしにはその者の刀を見て、持ち主の技量を推し量ることならばできる。爺様に教わり始めて、研ぎ師としての暮らしは五十有余年を超えたが、この者の差料ほど歴戦の戦いの跡を残した刀を知らぬ」

「なにっ、坂崎どのはそれほどの修羅場を潜ってこられたか。ならば居合術の道場のわれらの腰を抜かすくらい大したことではないか」

「二宮さんよ、驚きはな、この者の数多の修羅場の数ではないぞ」

「ではなにか」

二人の問答に門弟全員が聞き耳を立てていた。

磐音は道場の隅のもう一本の刀のところに戻り、腰から包平を抜くとその場に座して瞑目した。

天神鬚と呼ばれる研ぎの名人にして刀の鑑定家として江戸に知られた人物が磐音のことをよく承知なのに、ただ驚いた。

「歴戦の狭間を潜りぬけた者の刀には斬られた者の恨みつらみ、死の無念がこびりついておるものよ。だがな、この坂崎磐音の差料には、さような痕跡は見当たらぬ、長年研ぎ師をやってきたが、この者の刀ほど摩訶不思議なものはない。この者の二人の師が流派とは別に、この者だけの居眠り剣法を認められたのは、居眠り剣法は技量ではない、この者の人柄と思わぬか」

「天神鬚の先生、わしは凡々たる剣術家じゃが、居眠り剣法は人柄というのがよう得心できる。今日はよき日であった。ちょっと待て」

と言い残した二宮作兵衛が道場から姿を消すと、奉書に手入れ料を包んで鵜飼百助に渡した。

「おや、どうしたことか」

奉書包みを手にした鵜飼百助が首を傾げた。

「いつもは二分じゃが、本日はわが身の拙さを教えてくれたそなたの半日弟子の日当分を入れてある」

「そうか、となると日当五百文というわけには参らぬな」

「なに、天神鬚の先生はこれほどの勇武の武士を職人一人の日給にも満たぬ五百文で雇うつもりであったか」

「いや、そうではないぞ。竪川を出る折り、この者の知り合いの小僧がな、わしからせめて五百文の手当を貰えと忠言してくれたのよ、で、せめて五百は払わぬと小僧に叱られるなと思い、思わず五百文と口にしたのだ」

と百助が言い訳した。そして、さらに二宮作兵衛に言った。

「この者、生計をどうしておるか承知か」

鵜飼百助は普段の倍の手入れ料を貰い、ついつい機嫌がよくなったらしい。

「神保小路の佐々木道場の師範ではないのか」

「この者、出世にも金子にもさほど拘ってはおらぬようでな。朝方、近ごろ評判の深川の鰻処宮戸川で鰻割きをしておる。おい、居眠りどの、朝の間の日当はいくらであったかのう」

「朝餉つきで二百文にございます」

二宮も門弟ももはや応じる言葉がないのか黙り込んでいた。

「最前、五百文はもらえと忠言した小僧は宮戸川の奉公人じゃぞ」

「さような御仁が今津屋と昵懇であったり、変わり者の研ぎ師の心を開かせるか。やはり人柄かのう、この御仁の剣術は」

と呆れ顔の二宮作兵衛が壁際に座す磐音を見た。

猪牙舟に戻った鵜飼百助の上機嫌は続いていた。

「鵜飼様、よき居合術の道場を紹介してくれました。礼を申します」

「すまん、つい調子に乗り過ぎてな、口が滑ってしまった」

船頭の悟助が、

「天神鬚の先生よ、えらく機嫌がいいが酒でも飲まされたか」

「酒どころか水一杯も出なかったな」

「研ぎ料は貰ったろうな。どこも剣道場なんてよ、貧乏たればかりだからよ」

「頂戴した。それも普段の倍の手入れ料をな」

「なに、倍だと。なにがあった」

　磐音は鵜飼百助がまた二宮道場の模様を喋りそうな気配を感じて、

「鵜飼先生、次なる旗本どのは厄介な客ですか」

　と質した。

「おお、半蔵御門外麴町が残っておったな。悟助、猪牙をそちらに向けよ」

　と命じた鵜飼百助が磐音を手招きすると、ぼそりと話し始めた。

三

「うん、半蔵御門外麴町の定火消(じょうびけし)でな」

　定火消は江戸中定火之番といい、若年寄支配下で江戸に置かれた武家方常設の火消組織の一つだ。

　持高分の役職で役扶持は三百人、これは屋敷内に三百人の臥煙(がえん)を寝起きさせることを意味する。

　大身旗本の役職としては厄介であった。なにしろ火事場に飛び込んでいく臥煙を養っておかねばならないのだ。それだけでも物入りだが、臥煙は命をかけた仕事だけに、成り手は得体の知れない連中が多かった。

「定火消でしたか」

磐音は鵜飼百助が磐音を半日弟子に雇った理由を察した。

「半蔵御門外麹町に役屋敷を構える定火消を務める旗本五千二百石、石室飛驒守(いしむろひだのかみ)義武(よしたけ)というてな、すこぶる悪い評判の人物よ。なにしろ役屋敷に常時詰めて、与力・同心、役場中間と称される臥煙三百人を飼っておかなければ役目は務まらない。大身旗本の寄合から指名された石室の先代も好きで火消役になったのではないのだろうが、当代になると、乱暴者の臥煙に嫌がらせさせて同輩の旗本、大店などに強請りたかりまがいのことを繰り返しておる。火事になった折りに定火消の石室に意地悪をされるよりはと、なにがしかの金子を折々渡しておるのだ。

むろん上司もそのことを承知じゃが、そうそう定火消の成り手はないでな、不行跡を黙認していることをよいことに、石室飛驒守は、大勢の与力・同心、臥煙を養うには衣食に金子がかかるというて、物を購(あがな)っても銭は払わぬ、そのくせ、自分は旗本仲間の若い女房を脅しとって妾(めかけ)にしているそうな。

わしがいればかような人物の刀の手入れなど引き受けはせぬ。川向こうの旗本事情を知らぬ倅が引き受けてしまったばかりに、そなたに用心棒を頼んだというわけじゃ、すまぬ」

鵜飼百助が二宮道場にいる折りの上機嫌とは打って変わり、渋面で磐音に願った。

磐音も定火消の悪い評判はしばしば聞かされていた。

「研ぎを頼まれた刀は粟田口一竿子忠綱と申されましたな」

天明(てんめい)四年（一七八四）というから、この物語の九年後に江戸城中で刃傷沙汰(にんじょうざた)が起こった。

若年寄田沼山城守意知に新御番の佐野善左衛門(さのぜんざえもん)が斬りかかり、死に至らしめた刀が粟田口一竿子忠綱であった。

権勢をふるった田沼意次の嫡子意知を斬り付けた騒ぎに、後年磐音は深い関わりをもつことになる。だが、このときは夢想もしない一件だった。ちなみに佐野善左衛門の刃傷騒ぎにて使われた粟田口一竿子忠綱は、世直し大明神を生んだとしてその値が高騰することになる。

「どうせ火事騒ぎの最中にどこぞの屋敷から奪い取ってきた粟田口一竿子忠綱かと思われる。手入れは正直厄介でな、相当に日にちがかかった。出来ることなれば、研ぎ代をしかと頂戴したいが、まずそう易々とは払うまい」

と鵜飼百助が磐音に言った。

「石室義武なる御仁はいくつにございますか」

「親父のあとを継いで六、七年か、齢(よわい)は三十二、三ではないか。そのうえな」

と百助が言葉を止めた。

「こやつ、流儀は知らんが剣の遣い手とか、火事場で刀を抜いて金品を強請りとったなどという話は枚挙にいとまがない。そのうえ与力・同心の他に三百人の臥煙が配下に控えておる。どこの旗本屋敷も定火消石室飛驒守義武の手の者だけは火事があっても入ってほしくないと願っているそうな」

と苦々しい顔で言い放った。

確かに厄介な半日弟子だった。

刀袋に入った粟田口一竿子忠綱を磐音は見た。

「総長三尺二寸でしょうか」

「棟区(むねまち)から鋩(きつさき)まで二尺三寸四分であった」

しばし沈思した磐音は、

「拝見してようございますか」

「一竿子忠綱を見たいてか、わが手にあるかぎり勝手次第、構わぬ」

と鵜飼百助が磐音の願いを聞き入れた。

磐音は刀袋から出して、錦糸柄と同色の鞘を見た。

「おそらく石室が近年、柄と鞘の塗りを派手なものに造り変えたと思われる。新刀としては上々作じゃ」

と百助が言い、磐音がそろりと猪牙舟の中で一竿子忠綱を抜き放った。一竿子忠綱と号した刀身には上下竜が彫りこんであった。

「なかなかの逸品にございます」

「所持者がのう」

と百助が頭を捻った。

磐音は鞘に納め、刀袋に仕舞い、

「鵜飼先生、いささか石室某と会う前に工夫が要りますな」

「どのような工夫か、わしは一介の研ぎ師ゆえ、さような知恵が浮かばんな」

と百助が応じた。

「悟助どの、頼みがござる」

磐音が船頭に向き直った。

「なんだい、鰻割きの先生よ」

「鰻割きに先生はないな。頼みとはな、半蔵御門外麴町の船着場に着いたら、それがしが着ておるこの白衣に着替えてくれぬか、そして鵜飼百助様の弟子の如くにこの刀をもって先生に従ってくれ」

「なに、船頭から天神鬚の先生の弟子になれってか。で、浪人さんはどうするんだえ」

　磐音は猪牙舟がすでに大川に出て、右岸の神田川との合流部に近付きつつあることを見た。

「待った。最前の話は撤回しよう。それがし、浅草御門手前でしばしの間下りるで、御門手前に舟を止めて待ってくれぬか。直ぐに戻ってくるでな」

「半日弟子を悟助に譲ってなにをする気だ」

「鵜飼先生、今津屋に立ち寄り、なんぞ衣服を借りて着替え、この白衣は悟助どのに着てもらいます」

「そなたは、わしに従わぬ気か」

「いえ、門前近くまではいっしょいたします。ともかく鵜飼先生、門番や家臣どもにこの一竿子忠綱を渡してはなりませぬ。大事な主の愛刀ゆえ直に渡す、そうでなければ持ち帰るなどと強く申し出てくだされ」

「わしも最初から石室義武でなければ渡さぬ覚悟でそなたを伴ってきたのだ。そなたの代わりに悟助が刀持ちじゃと。頼りにならぬな、そのほうでは駄目か」

と困惑の顔で百助が磐音に注文をつけた。

「鵜飼先生、火消の役屋敷は奥と表は離れておりましょうな」

磐音が問うた。

「与力・同心、それに三百人からの火消臥煙らは表の長屋であろう。当然主の石室と妾は屋敷奥の離れ屋に住んでいような」

「鵜飼先生、それがし、先生と悟助どのの目に見えぬところに、必ず潜んでおります。先生の最初の頑張りは刀といっしょに奥に通ることです。そのあとのことはそれがしにお任せくだされ」

「うーむ」

と唸った鵜飼百助が渋々承知した。

「鰻割きの浪人さんよ、臥煙がおれっちに悪さはしまいな」

「悟助どの、案ずるな。そなたは刀持ちを演ずればよい。いくら臥煙というても、なにもせぬ者に悪さはしまい」

「そうかねえ」

ところも磐音に言い聞かされてようやく承知した。

いつの間にか神田川に入った猪牙舟は柳橋を潜り、前方に浅草橋が見えてきた。

「天神鬚の先生よ、舟賃半日代によ、おりゃ、白衣を着せられておめえさんの弟子の真似までさせられるんだぜ。しっかりと手間賃はくれよな」

「悟助、われらが無事に北割下水に戻った折りには、半日分の猪牙の借り賃の上に、おまえに酒手一両を進呈しよう。どうだ、この話」

「悪くねえ」

「だが、それなりの研ぎ代を貰い受け、無事に生きて火消役屋敷を出られねばなるまい」

「なに、やっぱり二人のひそひそ話には命が掛かってやがるか」

「断るか」

「酒手一両は断りきれねえな」

鵜飼百助と船頭の悟助の間で話が纏まった。

猪牙舟が浅草御門手前の下柳原同朋町の岸辺に付けられ、白衣姿の磐音は包平を手に分銅(ふんどう)看板のかかった両替商今津屋の店先に急ぎ足で向かった。

「あれ、妙な形をしているが坂崎様だぞ」

と小僧の宮松が驚きの顔で迎えた。

「宮松どの、ちとわけがあってな。おこんさんは居られようか」

「最前見かけましたよ。ほら、老分さんと帳場で話をしていますよ」

と宮松が指さした。

宮松の声音に由蔵とおこんが振り返り、

「なに、その格好は」

とこちらも驚きの顔で質した。

「いささか曰くがござってな、研ぎ師の鵜飼百助どのの半日弟子を請け負ったのだがな、話を聞くと百助どのの弟子でいるよりいつもの格好で対応したほうがよかろうと思ったのだ。おこんさん、どのような小袖でもよい、単衣を貸してはもらえぬか」

「おや、まあ、坂崎様はまたただ仕事を引き受けられましたか」

と由蔵が言った。

「鵜飼百助どのの頼みです、今後のことを考えますと無下に断るわけには参りませんでな」

「呆れた。研ぎ場の弟子の形なの、その姿」

と呆れたおこんが、

「神官さんのなりそこないみたいね。奥にいらっしゃい」

「いや、奥を騒がすまでもない。いつもの階段下の三畳間で願おう」

「急ぐの」

「鵜飼様が川端で猪牙舟で待っておるでな」

磐音がおこんが持参した藍色の単衣を着ていると由蔵も姿を見せた。

「どちらへお出かけでございますか」

「半蔵御門外麴町の火消役、石室飛驒守義武と申す直参旗本の屋敷にござる」

「これはこれは、えらい評判の旗本屋敷のもとへ参られますな。まさか天神鬚の先生が石室様の刀の研ぎをなさったということではございますまいな」

「倅どのが親父どのの留守に引き受けられたということです」

「それはひと揉(も)めございますぞ」

「やはり難物でございますか」

「どこの両替商も石室家との付き合いはお断りです。というのもいささかわけがございましてな、二年前でしたか、麴町の両替商山形屋義右衛門(やまがたやぎえもん)方が火を出して店仕舞させられました。確かに火を出したことは悪うございます。ですがね、店を潰されたのは火消役石室様に狙われたからでございますよ」

「狙われたと申されますと」

「両替商はどこも火事に見舞われたとき、水を張った地下蔵に大事な証文や書付を保管してございます。そこへ銭函などを放り込んで、店が焼けても再起が出来るように工夫をしているものです。山形屋も生き残った奉公人の話では確かに大事な書付や証文は水が入らぬ箱に入れて水に沈め、貯えの二千三百両を地下蔵に投げ込んで鉄蓋でしっかりと火を防ぐように塞いだ。ところが鎮火してみると地下蔵の書付証文、千両箱二つに銭函がすっかりとなくなっておりましてな、火事を出した上に再起を託した証文と持ち金が掻き消えてしまったというので、主一家は火事場で首を括って身罷りましたので」

「その騒ぎに定火消石室義武様が関わっておりましたか」

「最初に山形屋に入ったのが定火消石室様の与力・同心でしてな。定火消の権限で火事場で『われらに任せよ』と町火消を入れなかったそうな。奉公人たちは確かに地下蔵に大事なものは沈めて火から守ったというております。されど石室義武様は、火を消すのに必死で地下蔵になにが入っていたか知らぬと言い張った末に、山形屋は一家で首を括ることになったんですよ」

「山形屋はなぜ公儀に訴えなかったのでしょうか」

「坂崎様、定火消と火事を出した商人のどちらを公儀では信用いたしますな。最初から水蔵などには放り込まずに火災で消滅したか、最初から貯えの金子などなかったのではないかという石室様の強引で居丈高の主張が通ると、山形屋さんはいささか早まって判断なされたのですよ」

「石室に関する疑惑はその山形屋だけですか」

磐音の問いに対する由蔵の返答には間があった。

「両替商では山形屋一件です。ですが、こんご山形屋と同じようなことが起こらないとは限らないというので、両替屋筆頭のうちが主導いたしましてな、山形屋の生き残った奉公人から話を聞き、鎮火したあと、水蔵に最初に入ったのは石室家の与力萩野芳三郎（はぎのよしさぶろう）と同心の板倉壱蔵（いたくらいちぞう）と分かっております。また、二人が布に包んだ物を持ち出すのを見ておりましてな、萩野与力と板倉同心は、主石室飛驒守義武の忠臣ちゅうの忠臣でございますよ。むろん目付の調べに知らぬ存ぜぬを押し通しましたので。まあこうなれば水かけ論でしてな、公儀としては定火消に味方するしかない」

磐音は、ううーんと唸った。

「坂崎様、石室の悪事はこの山形屋の一件だけではございません。しかし山形屋の一件があるもので、だれもがなかなか口を開かずどうにもなりません」

「証がなければどうにも動きがつきませんか。鵜飼百助どのの研ぎ代など歯牙にもかけずに追い返されますか」

「まあ、そういうことですな。だが、こたびの一件にはうちの後見どのが関わっておられます」

「とは申せ、石室の定火消の権限を利用した悪事は繰り返されますな」

「そこです。両替商としては筆頭行司のうちを中心に防衛策を講じましたので、山形屋の関わりの証文が町場に出回らないか、この数年、見守ってきましてな、今から七、八月前、山形屋から四百七十五両を借りた証文がさる旗本のところに持ち込まれ、二百両を支払った一件を始め、三件ほど同じようなことが起こったことを両替商組合は把握しております」

「その証文を持ち込んだのが石室家の」

「与力萩野芳三郎でございますよ。こちらははっきりとしております」

「両替商筆頭行司の今津屋としては、どうなさるお積もりでかようなことを調べられたのでございますか」

「第二、第三の山形屋を出さぬための自衛の策でございましてな、未だこちらからなにかをしようとは考えておりませんでした。ですが、偶然にもうちの後見の坂崎様が関わりを得たとなると、なんぞ手立てを考えてもようございましょうな」

「老分どの、証文を差し出されて金子を払った三件の名は分かりませぬか」

「むろん分かります。ですが、私どもが質したところで知らぬと答えられましょうな」

「それがしに山形屋の地下蔵にあった証文を萩野与力が持ち込んだ三件の名を教えてくれませぬか」

「どうなさるお積もりですな、後見」

「考えておりません。されどなんぞ使い方の思案がつけば、今津屋さん方は、定火消を監督糾弾する目付に差し出すことはできましょうか」

磐音の胸中には上様の御側御用取次速水左近の顔が思い浮かんでいた。それもこれも確たる証が要ると思った。

「私一存では出来ません。まず旦那様にご了解を得たうえで、両替商の世話方の承認が要りますな」

　しばし沈思した磐音が、

「山形屋の証文が火事騒ぎから年余を経て持ち込まれた先は、すべて武家方ですか」

「いえ、一件だけが武家方でございましてな、二件は油問屋に船問屋にございますよ」

「二件の証言は取れておりますね」

　と磐音は念を押した。

「はい。ですが、二件ともに証文が返ったことで表に出すことはしたくないそうです。こちらから改めて証言を得るのは難しゅうございましょうな」

「老分番頭どの、南町の知恵袋を使われてはどうでしょうな」

「おお、笹塚孫一様に一枚嚙ませますか」

　と応じた由蔵が考え込んだ。

「ただし、これからの石室家の対応次第になりましょうか」

「うちの後見が関わっておるのです。そこはなんとか目処を付けてくださいまし。その折りは笹塚孫一様にご相談申し上げましょうな。むろん、最前申し上げましたが、旦那様のお許しを得ねばなりません」

と言った由蔵が磐音をその場に残して奥へと姿を消した。

磐音は鵜飼百助がじりじりしているだろうと案じながらも階段下の三畳間で待った。

四半刻後、戻ってきた由蔵の手に紙の束があった。

「山形屋から消えた証文を借財の半分値で買い取った直参旗本家と、二件のお店の名と支払った金額です。この書付や証文を後見に預けます。石室家をどう懲らしめるか、坂崎磐音様の手のうちにございますよ」

と由蔵が磐音に渡した。

磐音は鵜飼百助が待つ悟助の猪牙舟に戻ると、

「ちょっとの間と申したではないか。なんだ、半刻は大きく過ぎておるぞ」

と天神鬚の百助が文句を言い、さらに文句をつけた。

「着替えにさような間がいるか」

磐音はいらいらとした百助に会釈（えしゃく）すると、

「悟助さん、最前の話どおりこの白衣に着替えて鵜飼どのの従者として石室家の奥に通ってくだされ。あとはこちらにお任せあれ」

と磐音が悟助に言った。

「おい、居眠り、石室家で研ぎ代を支払ってもらう手立てが今津屋でついたのであろうな」

「そのためにかように時がかかったのです。さあ、半蔵御門外麹町の定火消石室家に参りましょうかな」

と磐音がいい、船頭の悟助が、

「この話、命がけだな。おりゃ、下りたくなったぜ。一両ぽっちで殺されるのは敵わねえよな」

とぼやいたが、顔は上気して昂奮している様子があった。

四

半蔵御門外麹町にある定火消役宅は、敷地五千余坪に石室飛騨守義武の家臣、定火消の与力六名同心三十人、臥煙三百人が出入りする表門の他、奥向きが使う裏門の二箇所があった。

満身に倶利伽羅紋紋（くりからもんもん）を入れた火消人足らといっしょの門を使うのを奥向きのお女中衆は恐れて、裏門を利用した。

磐音が遠くから表門を眺めていると、鵜飼百助と刀を捧げ持った白衣の船頭の悟助が門番と長々と押し問答をしていた。

不意に鵜飼百助が悟助といっしょに表門から離れて一見本所の北割下水に戻る体を見せると、門番が慌てて呼び止めた風で二人はようやく表門から屋敷内に入れられた。

それをしばらくの間、確かめた磐音は、

「どうやら天神鬚の言い分が通って、主の石室義武に粟田口一竿子忠綱を渡すことになったな」

と確信して裏門へと回った。

こちらは奥向きの者の出入りだけに実に静かで、様子を見ていると門番は二人体制のはずだが、一人しかいなかった。

磐音は道々拾ってきた木の枝を門から十間ほど離れた庭木のところに投げ込んだ。すると門番が六尺棒を抱えて物音を確かめにいった。その隙に磐音はするりと敷地内に入り込み、庭木や庭石に隠れ潜みつつ奥へと忍んでいった。

家禄に合わせて敷地は五千余坪だが、奥の庭や泉水のある築山、滝など贅を凝らした手入れが為されていた。これだけ見ても火消役の石室の、

「金儲け」

はなかなか強引にして巧妙と思えた。

「おお、これはなんとも美しき庭でござるな」

と天神鬚の鵜飼百助の声がして、二人の家臣に案内されて、百助とすっかりと怯え切った悟助が姿を見せた。

「殿の御前である、控えよ」

と同心と思しき案内役が二人に命じた。

「ほう、石室どのは離れ屋に側室と暮らしておられるか」

鵜飼百助の声は覚悟を決めた感じで、いつものぶっきらぼうな物言いだった。

「そのほう、刀研ぎじゃな。言葉遣いに気をつけよ」

「と、申されるが、どういうことかな」

と百助が反論して同心が言葉に窮した。

「わしは確かに刀研ぎじゃが、代々御家人でな。長年公方様にお仕えして参った者じゃぞ。石室どのとは家禄にだいぶ開きがあるが、公方様の家臣であることに

変わりはなかろう。石室どのの面前に参れば、それなりの礼儀に適う言葉遣いをなすでな、案じるな、同心どの」

と百助が言い放った。

「おのれ」

と同心が刀の柄に手をかけた。

「板倉壱蔵、天神鬚に抗うでない。あとで思い知らせてくれん」

注意をしたのが石室の悪事をすべて取り仕切る与力萩野芳三郎であろう、と磐音は思いながら離れ屋から十数間離れて庭石の陰に潜んだ。

「殿、刀が研ぎ上がったそうにございます」

縁側の沓脱石の前から萩野が襖の向こうへと声をかけた。

「なに、粟田口一竿子忠綱の研ぎが上がったと申すか。萩野、そのほうが研ぎ具合を調べてよければ研ぎ屋爺を追い返せ」

と襖の向こうから声がした。

「それが研ぎ屋め、頑固な輩にて主に直に渡すと言い張って、離れまで連れてきております」

「なに、天神鬚とやらを奥まで招じたというか、愚か者めが。本所の御家人研ぎ屋など何事かあらん、刀を受け取り追い返せ」

と命じた石室が不意に、

「ま、待て」

と考えを変えたか、引き留め、

「過日手に入れた、例の刀を鑑定させてみようか。よし、そちらに参る」

と石室義武が妾と酒でも飲んでいたのか、長襦袢をだらしなく着た姿で縁側に立った。その手には話に出た刀を携えていた。どこからか強奪してきた一剣であろうと磐音は思った。

「そのほうが鵜飼百助か」

「いかにもさよう」

「そのほう、刀の鑑定もなすというが確かか」

「古刀から新刀まで目利きをいたす」

「ならば、そちらの粟田口一竿子忠綱を渡し、この刀をこの場で鑑定いたせ」

と命じた。

「石室義武どの、わしは御家人ながらも代々の公方様から刀研ぎと鑑定を許された者でな、研ぎ代も鑑定代もいささか高いが承知ですかな」

と鵜飼百助が応じた。

「なに、この石室飛驒守義武から研ぎ代や鑑定代を請求しおるか」

「最前も申したな、公方様よりお許しの研ぎ師、鑑定家よ。当然のことじゃ」

板倉が刀の鯉口を切り、百助と悟助に近付いた。

「鵜飼百助、最前殿の面前では礼儀に適う言葉遣いをなすと申したな。あれは虚言か」

萩野が百助に強い口調で言い放った。

「おう、わしは殿と呼ばれるに値する御仁の前では言葉遣いを変えるわ。されど公方様に許された御家人ながら研ぎ師の面前に、出るに事欠いて長襦袢姿にて武士の魂の刀を鑑定せよじゃと。さような人物の刀の鑑定は百両を貰ってもせぬわ」

と堂々と応じた。

「ほうあ、鑑定料が百両とな、法外な商いをしおるな、鵜飼百助。ちなみに粟田口一竿子忠綱の研ぎ料はいくらか」

「屋敷を見るに役料三百人扶持のそなた、金儲けが上手とみゆるな。わが倅が相手も見ずに引き受けたゆえ、致し方なく研いだのだ、苦労もした。五十両を頂戴いたそうか」

「鑑定料が百両、研ぎ代が五十両か。御家人風情の研ぎ師が横暴な商いをするとみえる。われら、いったん火事があれば命を張って焰のなかに敢然と飛び込んでいく定火消役じゃぞ。その石室飛驒守から法外な金額を搾取しようとは、許し難し。この石室が斬り捨ててくれん」

　と縁側から沓脱石に下り立った。

「天神鬚の先生よ、命あっての物種だ。この刀を渡してよ、本所に戻ろうぜ」

「弟子か、もはや遅いわ。二人して一剣で斬り捨てて、火事が起こった折りにそのほうらの骸を火のなかに投げ込んで火葬にしてくれん」

　と新たに手に入れた刀の柄に手をかけた。

「殿自らこやつらを始末することもございますまい。板倉とそれがしが斬り捨てます」

　萩野が石室に願った。

　主も主なら家来も家来だと磐音は庭石の陰で思った。

「さような本所に住まいする御家人研ぎ師を始末するのに鹿島神道流の免許皆伝のそれがしが手を下すこともないか。よかろう、萩野、板倉、始末いたせ」

沓脱石に立つ石室が命じた。

磐音はこの三人の主従、直参旗本にあるまじき息の合った問答を見るにつけ、数多の悪さを繰り返しておるな、と庭石の陰から観察していた。

「て、天神鬚のせ、先生よ。おりゃ、こんなところで斬られて死にたくねえよ。鰻割きの旦那、いつ姿を見せるんだよ」

「悟助、案じるな。この近くに潜んでいるはずじゃがな」

鵜飼百助の言葉にも不安が籠っていた。

「なに、そのほう、もう一人供を従えておるか」

と石室が質した。

「おお、そなたが素直に研ぎ料を支払うことはあるまいと思うてな、深川の裏店住まいの浪人を用心棒に連れて参った」

「なに、深川の裏店に住まいいたす浪人者じゃと」

と板倉が蔑んだ口調で吐き捨てると、

「板倉壱蔵、そやつを探し出して最初に叩き斬れ」

と石室飛驒守義武が命じた。

奥庭を見廻した板倉が、

「殿、恐れて逃げ出したのではございませぬか」

　と言ったとき、おこんが用意した夏着の小袖の着流しに菅笠を被り、包平の一本差しの坂崎磐音が、大きな庭石の陰からふらりと姿を見せた。

「おお、そこにおったか」

　天神鬚の百助の言葉に安堵の想いがあった。

「そのほうが鵜飼百助の用心棒か」

　と石室が磐音の形を見て質した。

「ひごろ鵜飼百助どのには世話になっておりますでな、半日弟子を兼ねて用心棒を引き受けました。それにしても世間の評判はあてにはなるまいと思うておりましたが、そなた様は悪しき評判以上の悪党旗本にござるな」

「下郎、大身旗本火消役の石室飛驒守義武を悪党旗本と言うたか」

「そう言いました、なにか不都合でも」

「おのれ、そこに直れ。村正の錆にしてくれん」

「な、なんと村正じゃと」

　と天神鬚が驚きの声を上げた。

　磐音は、村正が徳川家に仇なす妖刀ということを承知していた。もしほんもの

の村正なれば、

「石室飛驒守とやら、もはや上様の家臣に非ず。公儀のため、世のため人のため、そなた、この場で自裁せぬか」

と磐音が言い放ったとき、板倉が磐音の前に、すすっと間合いを詰めるとすでに抜き放っていた刀を八双から斬り下げてきた。

磐音は相手の動きを見つつ、自らも踏み込むと大包平を一気に抜き上げて峰に返すと強か(したた)に胴を叩いていた。

鈍くも骨が何本か折れる音が響いて、絶叫した板倉がよろめいて泉水に転がり落ちていった。

「こやつ、やりおるぞ。萩野、油断するでない」

沓脱石の石室義武が萩野に命じた。

「止めておかぬか、萩野とやら」

余裕の出た鵜飼百助が刀を抜き放った萩野に忠言した。

「深川あたりの裏店に住む浪人風情、なにほどのことがあらん」

と応じた萩野がゆっくりと磐音との間合いを詰めた。

「おい、お侍よ、鰻割きの旦那は、神保小路の直心影流佐々木道場の門弟だぜ」

と急に元気を取り戻した船頭の悟助が磐音の正体を告げた。

「なに、佐々木道場の門弟じゃと、名はなんだ」

「天神鬚の先生よ、鰻割きの旦那の名はなんと言うんだ」

船頭の悟助が天神鬚に尋ねた。

「悟助、姓名を知らぬのか。佐々木玲圓先生も手を焼く居眠り剣法の持ち主、坂崎磐音よ」

と大声で百助が告げた。

「なに、居眠り剣法の坂崎じゃと、こけおどしであらん、萩野、抜かるでない。それがしが村正にて後詰めをいたす。存分に戦え」

「畏まって候」

萩野芳三郎が中段の構えから下段に移した刀をわが体の脇に寄せて隠し持ち、

「死ね」

と言いながら磐音に向かって踏み込んできた。

磐音は石室の動きを見つつ、萩野の脇腹につけて隠した刃の切っ先が、地を這(は)って鋭く磐音の足元を襲うのを、包平を覆いかぶせるようにして動きをとめた。

「なにくそっ」

と吐き捨てた萩野の刃を引かせておいて、磐音は右の太腿(ふともも)を斬り上げ、その場に転がしていた。

「よう、鰻割きの旦那、日の本一！」

と船頭の悟助が叫んだ。

「おのれ」

沓脱石から下りた石室飛驒守義武が村正と称する刀の鞘を払うと、鞘を投げ捨て、

「鹿島神道流の極意を見せてくれん」

と正眼に構えた。だが、二人の腹心の部下を倒された石室の挙動に動揺が見られるのを磐音は見てとっていた。

磐音はゆったりとした動作で再び包平を峰に返した。

「鵜飼百助どの、峰に返したわが包平、目を瞑ってくだされよ」

「下手が峰に返した刀を遣うと折れることもある。じゃが、そなたの居眠り剣法の柔らかい叩きで包平が傷(いた)むものか」

と研ぎの名人にして鑑定家の上手が言い切った。

会釈を鵜飼に返した磐音が、

「事は定まった。嘘か真か、直参旗本が妖刀村正と称する刀を手にしておるだけで石室義武どの、そなたの行末は決まった。どうだ、直参旗本なれば武士の身の処し方はご存じであろう。それとも目付衆に悪事の諸々をそれがしが届けて処断をお任せいたすか」

「川向こうの裏店住まいの浪人者が目付じゃと、だれがそのような者の言い分を聞くものか」

と石室がこの言葉に縋(すが)るように言った。

しばし間を置いた磐音が、

「わが師佐々木玲圓先生の剣友速水左近様は、公方様の御側御用取次にあられる。そなたの手にある村正とそなたの髷(まげ)をいっしょに速水様のお屋敷にお届けいたそうか」

とゆったりとした口調で吐いた。そして、今津屋にて預かった証文を使う間もなかったなと思った。

「そのほうが速水様を承知じゃと、おのれ、虚言を弄するか」

長襦袢の裾(すそ)をひらひらさせた石室義武が動揺を隠しきれない挙動で磐音に斬りかかってきた。

磐音は引き付けるだけ引き付けておいて、峰に返していた大包平で石室の手首を叩き、ついでに胴を打ってその場に膝(ひざ)をつかせた。

「おお、やるな、鰻割きの旦那」

と悟助が奇声を発した。

磐音は刃に返した包平を一閃(いっせん)させると髷を刎(は)ね切った。

石室が愕然として手にした村正を地面に落とした。

「なんだか、あっけねえな」

と悟助が言い、

「悟助、名人の勝負はこのようなものだ。おまえが呼ぶ鰻割きの旦那は、本物の名人上手よ」

と鵜飼百助が言いながら地面に転がる村正の刃文を、しばし見入った。その百助に、

「天神鬚の師匠、この者から研ぎ代を支払ってもらいますかな」

と磐音が質した。

「刀の遣い方も知らぬ旗本が鹿島神道流の免許皆伝だと、大方、大身旗本の肩書にもの言わせて金子で名目を買うたかのう。それにしてもこやつ、もう終わりじ

ゃな」

　と驚きの顔で呟いた。

「どうなされた」

「まさかと思うたが、こやつ、この刀、徳川家に仇なす村正のほんものじゃぞ」

　磐音も言葉を失い、鵜飼百助と顔を見合わせた。

「二人してどうしたんだよ」

「悟助、ただ今の問答、すべて忘れよ」

　と天神鬚が命じた。

「刀がどうかしたか、おれにはちんぷんかんぷんの話よ」

「それでよい」

　と磐音がいい、愕然と膝を突く石室の前にある刀を手に取ると石室が投げ捨てた鞘に納めて百助に渡した。

「よし、引き揚げじゃ」

　と鵜飼百助が言った。

「おい、天神鬚の先生よ、おれの舟賃と酒手はどうなるよ」

「悟助、案ずるな。最前居合抜きの先生から頂戴した一両をそなたに渡す。舟賃は明日にでもうちにとりに参れ」

研ぎ師鵜飼百助が悟助に言った。

「ほう、酒手一両な、嘘はなしだぜ、天神鬚の先生よ」

「嘘ではないわ、信じよ。信じられんのはこの手の刀よ」

半刻（一時間）後、坂崎磐音と鵜飼百助は、御側御用取次の速水左近と面会し、定火消方石室飛驒守義武の言動をすべて伝えた。

磐音の話を聞き終えた速水左近がしばし間を置き、

「嫡男の信康様を介錯した刀が村正と聞かされた家康公の、『わが差料の中に村正があらば、みな取り捨てよ』と言い残された言葉は、直参旗本なれば承知であろうものを」

と慨嘆した。さらに磐音と百助が届けた村正と粟田口一竿子忠綱に石室の髷と今津屋が磐音に託した証文の類を見直し、

「もはや譜代であろうと大身旗本であろうと、石室家は断絶、身は切腹じゃな」

と上様側近衆の速水左近が断言の言葉を洩らした。

磐音も百助もなにも答えない。

「鵜飼百助、ただ働きをさせたな。時を見てなんぞ考えるで、この度は我慢してくれぬか」

と速水が丁重な言葉で願い、

「速水様、旗本八万騎と申しますが、様ざまにございますな」

と丁寧な挙動で応じた天神鬚の百助が思わず、

ふっ

と溜息を吐いた。

その模様を見ながら速水が、

「この二口の刀と石室の鞴、それに今津屋らの調べた書付証文の類、それがしが預かる。よいな、坂崎磐音」

「畏まりました」

と応えた磐音の、研ぎ師鵜飼百助の半日弟子が終わった。

あとがき

新年明けましておめでとうございます。

もしやして居眠り磐音どのと酔いどれ小籐次じい様から年賀状が届いた読者諸氏もおられるかもしれません。

令和二年が皆々様にとってよき年でありますように。

去年からQUEENの音楽ばかり聞いている。主に飼犬みかんを散歩に連れて行く車中でだ。とはいえ、全世界的に大評判になった映画『ボヘミアン・ラプソディ』を観たからではない。娘が冷戦時代のブダペストで催されたライヴ映像『ハンガリアン・ラプソディ』を見せてくれたのがクイーンにハマッた切っ掛けだ。この映像は、ハンガリーじゅうから集められた映画カメラ十七台でフィルム撮影され、編集されたと娘に聞かされた。

まずフレディ・マーキュリーの音域の広さと美しい声と技量に魅惑された。観客を楽しませることにこれほど情熱を注ぐ音楽家を知らない。何万人の観客に歌わせておいて、一人のフレディが最後には締めてくれる、なんという芸だと思う。そして、四人のメンバーのそれぞれの音楽テクニックと多彩な感性にただ圧倒された。いや、私には音楽を語る知識は、資格は全くない。だが、直感で、「この四人組はすごい」と思った。以来、娘が持ってくる彼らのライヴ映像、音源、インタビューを聞かない日はない。飽きない、新しい発見がある。

私も冷戦時代のブタペストを訪ねている。その当時、写真一本では食えず、文章も中途半端、日本とスペインを行き来しながら、仕事があればなんでも食らいついた。ブタペストへは、クラシック・ラリーの取材でアルプス山脈をこえてモンテカルロまで同行する旅だった。その折り、ブガッティというビンテージ・カーに魅せられたが、クイーンは知らなかった。

またクイーンと同じように軍事政権下のアルゼンチンを始め、中南米も彷徨った。クイーンと私はほぼ同時代を生きて、お互い異郷のあちらこちらを旅して回ったがクイーンと出会うこともなく、音楽を知らなかった。その当時の私のテーマ・ミュージックといえば闘牛と関わりの深いフラメンコか、パソ・ドブレであった。

『居眠り磐音』五十一巻の決定版の刊行が進行する最中、年末年始の区別もなく校正作業に追われている。そんな合間に、「新・居眠り磐音」の、『奈緒と磐音』、『武士の賦』、そしてこの度『初午祝言』とスピンオフ三作目が出ることになった。

ここで『居眠り磐音』五十一巻を既読の諸氏に言い訳してお詫びしたい。『初午祝言』の第一話は、品川柳次郎と椎葉有の祝言話だ。この祝言以前の二人の両国橋上での再会は二十二巻『荒海ノ津』第三章の一に詳しい。その折りの二人の年齢差より今回のスピンオフは微妙に異なっている。『荒海ノ津』の二人の状況を優先するとかなり二人の齢の差が大きくなる。今回の『初午祝言』の幼い折りの二人の年齢差を縮めてある。飽くまで本編五十一巻の別物としてご笑読願えると有難い。

前回にもあとがきで、かようなおわびやグチを述べたように思うが、『居眠り磐音』五十一巻の大河の流れにちょっかいを出すほど無謀なことはない。それは分かっているのだが、文庫書下ろし職人作家は「注文があるうちが華」とばかりに、流れに竿をさしている。むろん老いのせいだ。老いを真っ先に感じるのは記憶力の衰えだ。なにしろ執筆中の主人公の名が頭に浮かばないことがある、それも頻繁にだ。

そんなとき、マジャール語の歌詞を書いた掌を見詰めて歌うフレディの姿を、サービス精神を思い出しつつ、わが物語世界に戻る。

娘がクイーンの『ボヘミアン・ラプソディ』は楽曲の構成がオペラだという。

ふーん、ロック歌手がオペラか。

おお、そうだ、フレディはオペラにもバレエにも造詣深かった。モンセラート・カバリェと92年のバルセロナ・オリンピックの四年前、88年に共演した。

「バルセロナ、バルセロナ、バルセローナ」

とただ連呼するだけで歌になる。不思議な才の持ち主だった。

一九九二年、バルセロナ・オリンピック開催を前にして、クイーンの「貴婦人(The Four Grandes Dames)」の一人、フレディ・マーキュリーは独り別世界に旅立った。

同時代に生きたクイーンと私の間に共通項があるとしたら多作だということくらいか。ただし天才と凡人の差はいかんともし難い。

またグチになった。不順な天候のなせるワザです。

読者諸氏、お許し下さい。

二〇二〇年正月　熱海にて

佐伯泰英

この作品は文春文庫のために書き下ろされたものです。
この巻より「居眠り磐音 決定版」との違いを明確にするため、
新たな書き下ろしのシリーズタイトルを「新・居眠り磐音」
とさせていただきます。

文春文庫

初午祝言（はつうましゅうげん）
新・居眠り磐音（しん・いねむりいわね）

定価はカバーに表示してあります

2020年1月10日　第1刷

著　者　佐伯泰英（さえきやすひで）
発行者　花田朋子
発行所　株式会社 文藝春秋

東京都千代田区紀尾井町 3-23　〒102-8008
TEL 03・3265・1211㈹
文藝春秋ホームページ　http://www.bunshun.co.jp

落丁、乱丁本は、お手数ですが小社製作部宛お送り下さい。送料小社負担でお取替致します。

印刷製本・凸版印刷

Printed in Japan
ISBN978-4-16-791416-5